Z camw

2 3 DEC 2006

8 6J RRA

CW00431959

ÚLTIMOS JUEGOS

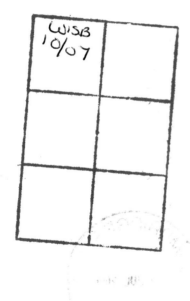

vOCES / LITERATURA

COLECCIÓN VOCES LITERATURA

Ilustración de portada: Maria Bashkirsteff, *The Meeting* (1884). Musée d'Orsay (París, Francia).
Fotografía de solapa: Andrés Neuman.

Visite nuestro fondo editorial en www.ppespuma.com

Primera edición: marzo de 2005

ISBN: 84-95642-55-7
Depósito legal: M-11708-2005

© Raúl Brasca, 2005
© De esta portada, maqueta y edición,
Editorial Páginas de Espuma, S. L., 2005
c/Madera 3, 1º izq. 28004 Madrid
Tel.: +34 915 227 251 Fax: +34 915 224 948
E-mail: ppespuma@arrakis.es

Impreso en España, CEE. Printed in Spain.

Composición: equipo editorial
Fotomecánica: FCM
Impresión: Omagraf, S.L.
Encuadernación: Seis S.A.

RAÚL BRASCA

ÚLTIMOS JUEGOS

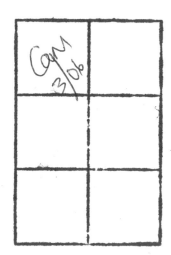

PÁGINAS DE ESPUMA

ÍNDICE

El hedonista

Cambiemos de tema, ¿qué piensa usted del hedonismo? ¿No sabe qué es? No importa, fíjese que yo fui hedonista mucho antes de haber escuchado la palabra. No sé desde cuándo, hace tanto tiempo, son cosas con las que se nace, creo que me desteté a los cuatro años de puro hedonista. Le explico: es la doctrina filosófica que sustenta que hay que darse todos los placeres, sin excepción, qué le parece. No se ría, le estoy hablando en serio. ¿Cómo filosofía del relajo? Ah, si fuera tan sencillo... es una posición frente a la existencia. No, tampoco es la última onda, yo no soy ningún snob, ya estuvo de moda entre los griegos del siglo V antes de Cristo. No señor, usted no entiende, no es cómodo, es una actitud de militancia permanente, una opción riesgosa. Ahora, por ejemplo, estoy en crisis por culpa de una chica a la que me acerqué con fines hedónicos. Gloria... No le voy a contar esa relación porque es algo muy íntimo, pero mire desde acá nomás, sin moverse de su asiento: ¿cuántas caras de gozadores ve entre los pasajeros de este tren? Sobran los dedos de una mano para contarlas. Y por qué, le pregunto yo. Usted lo ha dicho: hay que poder. Y para poder hay que pelear cada instante de goce, es mucho más fácil abandonarse a lo que venga, de ahí lo de militancia. Piense en usted mismo: el poco o mucho placer que ha al-

canzado ¿le vino de arriba o se lo tuvo que ganar? ¿A que está
pensando en su iniciación sexual? No, no es telepatía, es lo
primero que se le ocurriría a cualquiera, a todos nos costó.
Mire, mi caso es revelador. Por suerte tengo mente analítica
y eso me ayudó bastante. Ah sí, yo piso siempre sobre suelo
firme, hasta que no estoy bien seguro... La parte técnica me
la enseñó un sexólogo que conocí (en mi casa no se hablaba
una palabra de sexo). Fíjese qué curioso, este sexólogo era bisexual. A veces pienso si negarse a las relaciones homose-
xuales no será una limitación para un verdadero hedonista como yo. No, por favor no se vaya, déjeme que le explique, no
es lo que usted está pensando. Gracias. Yo rechazo la bise-
xualidad tanto como usted, pero no por las pautas culturales
que la sociedad impone, que son cuestiones de momento.
Tampoco por razones morales, no creo que nadie deba sentirse menos hombre por ser bisexual; de hecho, los griegos no
lo sentían. *El hombre es hombre de todas las mujeres y mujer
de todos los hombres.* Lo decía Platón que no era ningún
mongólico. Lo que le fallaba era la parte filosófica. Sí, a
Platón. La justificación estética que ensayó para afirmar eso
es tan aplicable a un muchacho como a una estrella de mar o a
una yegua *pur sang*; falta de rigor, se da cuenta. Claro, cómo va a postular la belleza de los muchachos. ¿A usted le parecen hermosos los muchachos? Está bien, no lo tome así,
vayamos a lo que me enseñó el sexólogo: suavidad, mucha
suavidad, no babosear a la mujer y el correcto uso de la lengua. Sí, como lo oye. Él me dijo: «Tenés que entrenarte.
Agarrás un pote de yogur, de esos de vidrio, le dejás medio
centímetro de yogur en el fondo y lo limpiás con la lengua en
un minuto; al principio es difícil, pero se puede». Después me
mostró la lengua, le sobresalía dos centímetros por debajo del
mentón y la movía con la velocidad de una serpiente. «Me en-
treno dos veces por día», confesó lleno de orgullo. Yo no sabía
qué decir. «Notable», dije embobado de admiración. Por supuesto, seguí sus instrucciones al pie de la letra y al mes de

entrenamiento no tenía nada que envidiarle. Completé mi formación con lecturas sobre el tema y un curso de control mental. Actualmente, además, alterno los libros de texto con literatura erótica para acrecentar la fantasía. ¡No, por favor! *Memorias de una princesa rusa*, no. Literatura, dije. *Histoire de Juliette, Trópico de cáncer, Lolita.* En aquella época no lo necesitaba porque mis fantasías se potenciaban con la continencia, el desgaste viene con el uso. En fin, después de esta preparación, busqué una mujer. Elegí a una flaca, bastante feúcha, que era medio frígida. Yo lo sabía porque algunos amigos, todos machos confiables, habían fracasado con ella. Estaba desahuciada. ¿Cómo que no fue una buena elección? No pudo ser mejor: si yo también fracasaba la culpa iba a ser de ella, y si me iba bien sería un éxito glorioso; el riesgo era nulo. Pero me fue bien, la trastorné con la lengua. Bueno, la verdad es que estoy muy bien dotado, pero lo determinante fue la lengua. ¡Lo que es la técnica!, pensaba yo. Tan agradecida quedó la flaca que me hizo la publicidad entre las amigas, y luego cada una de ellas (me acosté con todas) le pasó el chisme a otras tantas. En poco tiempo la demanda me rebasó y tuve que ponerme selectivo; es decir, me convertí parcialmente al epicureísmo. Había acumulado tanta experiencia que prácticamente ya era el amante excepcional que soy ahora. Con estos antecedentes, ¿cómo comprender lo de Gloria? Gloria, se acuerda, la chica que le mencioné al principio, la que me empujó hacia la crisis. Por ahí me decido y le cuento algo sobre eso. En fin, aprendí tanto que hoy, sin exagerar, puedo predecir la conducta sexual de una mujer con sólo verla. ¿Ve esa morocha de minifalda negra y blusa roja calada? Esa, al lado de la viejita de anteojos. ¿La vio? La pintarrajeada que va colgada del pasamanos. La misma. Bueno, con esa mina no pasa nada, es una histérica, le gusta hacerse desear pero ahí termina la cosa. En cambio, la gordita rubia que tiene una carpeta azul debajo del brazo hace rato que está fichándolo al pibe aquel que lleva la camisa celeste abierta, arremangada arriba del codo. Y el pibe ya entró –está bien la gordita–, no los pierda de vista, va a ver que él se le arrima de a poco. No, si no es adivinación, pura sapiencia nomás, por eso se me hace más increíble lo de Gloria. Escuche, usted me inspira confianza, le voy a contar cómo la conocí. Fue cuando las inundaciones, en el colegio donde van mis sobrinos. Esas jornadas de solidaridad que la gente usa para desentumecer los buenos sentimientos son ideales, todos se sienten amigos aunque no se hayan visto en la vida, y en la confusión las minas están desatadas. No me iba a perder una oportunidad así. Estaba haciendo la recorrida preliminar de evaluación cuando alguien me puso en los brazos un bulto tan grande que me tapaba la cara, ropa envuelta en una sábana o algo así. «Tené», me dijo y, por la voz, era una mujer. Esperé no más de un par de minutos. Me sentía ridículo ahí parado, tambaleando cada vez que alguno me chocaba. Entonces dije qué hago con esto, pero ella no me contestó. Sin embargo, la oía hablando pavadas con uno y otro. Yo no iba a soportar eso. Puse, como pude, el bulto sobre mi cabeza, ubiqué a la dueña de la voz (que estaba de espaldas) y con tono poco amistoso, muy fuerte, dije: «Qué diablos hago con esto». Gloria se dio vuelta, me vio y soltó la risa. Se rió mostrándome toda la dentadura, unos dientes tan blancos como el guardapolvo que llevaba puesto. «Parecés una lavandera», me dijo. Pero yo no estaba de humor. «Me alegro de que no tengas ninguna caries», le contesté. No se imagina la carcajada que lanzó, como para mostrarme que tampoco tenía anginas. Me desarmó y empezamos a conversar. Yo no podía prever las consecuencias. Qué le voy a hacer: a lo hecho, pecho. Sí, como le decía, en ese tipo de reuniones hay mucho pique. ¿Quiere que le pase algunas? Las tengo agendadas. ¿Muchas? Muchísimas. En esta ciudad, todos: los descastados, los dispépticos, los varicocélicos, los postergados y los prematuros, todos tienen su cruzada anual. ¿Le molesta que fume? Cada vez que hablo de Gloria me pongo nervioso y me vienen ganas de fumar.

¿Usted qué hace cuando se pone nervioso? Gloria hundía los dedos en el pelo, se lo empujaba hacia atrás y después sacudía la cabeza. Me gustan las mujeres que se alisan el pelo cuando se ponen nerviosas. El de ella es muy negro y largo. Hermoso. Sí, realmente hermoso. Tendría que conocerla, no sabe lo que es. Cuando terminó el turno y se sacó el guardapolvo casi me caigo de espaldas. Qué físico, viejo. Le digo que era de cine. Con la excusa del cansancio la invité al bar de la esquina. ¿Sabe lo que pidió? Insólito: un café con leche y tortitas negras. ¡Cómo comía! Todas se las comió, y con unas ganas... Esta mina sabe gozar, pensé, nos vamos a entender muy bien. Me contó que era maestra en esa escuela y que novio, lo que se dice novio, nunca había tenido. ¿A los diecinueve años? Debe de ser muy pretenciosa, se me ocurrió. Pero parecía muy a gusto conmigo y no la vi precavida, así que ahí nomás me largué a hablarle del hedonismo. Ella me escuchaba con la boca llena y como si no se diera cuenta de mis intenciones. Recién cuando terminamos –yo de hablar y ella de comer– y después de pasarse la servilleta por los labios, me dijo: «Sos intelectual vos, ¿no?». «¡Qué te parece!», le contesté. Ella pensó un poco. «Que se vive lo mismo pensando menos», me dijo y se levantó para irse. Desde ese sábado hasta el siguiente que la volví a ver, lo pasé tratando de resolver la ambigüedad de la frase. Hay una anfibología ahí, ¿se dio cuenta? Claro, ¿qué quiso decir con «se vive lo mismo»? Primera posibilidad: que igual se vive, que por no pensar no se muere nadie. Y, segunda, que las vivencias son las mismas. Fíjese qué importante: la primera implica una actitud peyorativa hacia el pensamiento especulativo, una actitud resignada y conformista frente a la vida. En cambio, la segunda indicaría que ella, pensando menos que yo, se sentía capaz de vivir las mismas cosas en cantidad y calidad. Qué le parece. ¿Cómo que obviamente la primera posibilidad? No, lo obvio no existe, mi diagnóstico se inclinó por la segunda. «¿Qué tal si nos entregamos a las prácticas hedónicas?», le propuse. «Yo lo estoy pasando muy bien», contestó. Me costaba explicarle que eso no era el hedonismo. Hay que optimizar, le decía. Ella me escuchaba, cómo le diría, con un interés moderado. Cuando terminé, se encogió de hombros. Será como vos decís, dijo sin mucha convicción, como quien dice «buen día» o «va a llover». Resumiendo: ese sábado no hice ningún avance. No computo como avance un único beso desprovisto de sensualidad, tipo noviecitos formales. Ahora pienso que lo mejor hubiera sido cortar por lo sano entonces, cuando todavía estaba a tiempo. No, no pude, me intrigaba la conducta y, sobre todo, era muy grande el premio para abandonar el juego. Seguí viéndola, y la única diferencia entre cada encuentro y el siguiente era que yo hablaba cada vez menos y ella cada vez más. Un buen día me despabilé: había estado escuchando durante dos horas las dificultades de aprendizaje de Juancito (reflejo, según Gloria, de problemas en la casa), las arbitrariedades de la directora (que era más loca que un trompo) y las alternativas del colesterol del abuelito (a consecuencia de los muchos salamines que hedonísticamente ingería en secreto), con la misma atención que había prestado, años antes, a las enseñanzas del sexólogo. Esta mina me está jodiendo, pensé. Pero ya no podía echarme atrás. No, nada de eso, había una cuestión ideológica. Yo soy admirador de Nietzsche, mi modelo es el «superhombre»: puro instinto, vida y voluntad de poder. No me permito la resignación. O metía a Gloria en mi cama o no era el hedonista que creía ser. ¿Usted leyó *Also sprach Zarathustra*? ¿No? Léalo, le va a cambiar la vida. Mire, mire lo que le decía: el muchacho está pegadito atrás de la gordita. Ella pone cara de distraída pero está haciendo control de calidad. ¡Las bondades de viajar a la hora pico! Vio, nunca me equivoco, aunque con Gloria, no sé... En algún momento que no puedo precisar ella empezó a mirarme diferente. Había un propósito de trascendencia en esas miradas largas, una decisión de comunicarme algo, y a mí se me alteraban los nervios cuando se ponía contemplativa, no me gustan los misterios. «¿Qué mirás?», le pregunté una vez. «Nada», contestó ella, y sonrió como si yo estuviera al tanto de todo. Le juro que me descolocaba. No, no podía decirle eso, si en el fondo yo esperaba ansioso esas miradas; las deseaba, aunque simultáneamente me produjeran aprensión, sentía que Gloria iba a descubrirme una malformación interna terrible, un cáncer de próstata, no sé. Que yo sepa no, soy muy sano; era ella, los ojos de ella que tenían el poder de paralizarme. Había noches en las que no podía dormirme porque, no bien bajaba los párpados, veía los ojos de Gloria escrutándome implacables y algo que no podía controlar se me revolvía dentro. Mire, una vez me levanté de la cama con la necesidad imperiosa de verme en el espejo, de estudiar los detalles de mi cara, de verificar no sé qué. Tan extrañado estaba, que anoté la hora y escribí un breve resumen de lo que me sucedía para, a la mañana siguiente, comprobar que no lo había soñado. Y no, no había sido un sueño. Esta mina me está jodiendo, volví a pensar, y decidí protegerme. La siguiente vez que ella amagó ponerse contemplativa, la apreté rápido a lo bruto y le estampé un beso tan lúbrico como no va a recibir otro. La tomé por sorpresa y se mostró confusa un segundo, pero le gustó. Eso sí, besaba muy mal; ya va a aprender, pensaba yo besándola mientras ganaba terreno con la mano. Ella me dejó hacer hasta cierto punto y se separó tan trémula que pensé que la había vencido. Lo malo fue que yo, pasado de zaguán como quedé, no podía retroceder y tuve que pedirle terapia de urgencia a una amiga. Y sí, terminé casi antes de empezar. No, qué se va a molestar, conmigo todas prefieren el sexo oral. Diga que tengo la lengua entrenada, que si no... Me sirvió de experiencia. La vez que siguió fui prevenido, apliqué lúcidamente mis técnicas y fingí pasión, pero por dentro me mantuve más frío que un calamar. ¿Por qué no va a poder? Si está sexualmente satisfecho puede, es una cuestión mental. Bueno, aunque sea créame que yo puedo. Me parece que usted retoza poco, mi amigo. No, no se ofenda, tiene razón, yo no sé nada de su vida íntima. Discúlpeme. En fin, la táctica dio resultado; llegué bastante más lejos, y cuando Gloria aplicó el freno y se apartó, supe que sólo era cuestión de tiempo. Entonces le trabajé la moral: que me moría de deseo, que tanta excitación insatisfecha me hacía daño, que así me empujaba a la cama con otras. Y ella, sabiendo tan bien como yo que estaba vencida, me dijo: «Sé que sólo me querés a mí»; como si me dijera qué importa que otras pongan el órgano si lo importante me pertenece. Craso error. No sé de dónde sacaba tanta seguridad en sí misma, Gloria. Pero la rendición estaba cerca. Fue cuando al abuelito, un salamín indócil le cayó definitivamente mal. Sí, se murió. ¡Eh, no me mire así! Es la verdad; la presencia concreta de la muerte desata en las personas una rebelión de las fuerzas de la vida. Gloria era huérfana de padre y lo adoraba al viejo, sintió un vacío insoportable que debía llenar de algún modo. ¡Bendito sea el nono!, pensé. Estaba entregada, ávida de un calmante poderoso que la colmara. Y ahí estaba yo. Sin embargo, atento a las experiencias anteriores, me cuidé muy bien de controlar mi entusiasmo. Le fui aplicando toda la artillería liviana hasta sentirme dueño de su voluntad y fue justo en ese punto, cuando ya nada alcanza, que tuvo un impulso absurdo. ¿Sabe lo que me hizo? Es de no creer. Escuche bien: me hundió el meñique en el agujero de la oreja. ¿Insinuación? Violación, diría yo. Sí, duro como una estaca. Qué va a ser excitante; se nota que usted sólo probó la puntita del gotero. No, no es que me haya dolido tanto, fue la sensación. Reaccioné bruscamente, como la vez que una mosca se me quiso meter ahí. Pero luego me dio risa, no podía parar de reírme. Ella se ofendió. Si es lo que siempre digo: el que no sabe es como el que no ve. Después quise seguir pero estaba empacada; ningún reproche ni lágrimas, ningún desborde: empacada como una mula. Y yo –ahí sí que me equivoqué–, en lugar de arremeter con los tanques, me puse persuasivo; hasta tierno, le diría. Le acariciaba el pelo, la besaba en la frente, le decía palabras suaves. Al principio, ni para atrás ni para adelante. Después fue aflojando de a poco; al final me dijo: lo mejor de vos es lo que no mostrás, frase hermética si las hay. Pero ya ella había vuelto a temperatura ambiente y yo había desperdiciado la mayor oportunidad de placer de mi vida. ¿Usted entiende por qué hice eso? Si lo entiende explíquemelo, porque yo, la verdad... Sí, puede ser. Hum, eso me preocupa: la compasión es un sentimiento que no me está permitido, se opone a la voluntad de poder. Observe: ahí bajan la gordita y el muchacho abrazados. ¿Qué le parece? Está bajando de este tren la reserva moral de la nación. En fin, el sábado que siguió... La verdad, no sé por qué le cuento estas cosas tan mías a usted, que lo acabo de conocer. Bueno, lo encuentro muy receptivo, y además es difícil que la casualidad vuelva a juntarnos. Continúo. El sábado que siguió, Gloria mencionó muy pronto lo que se había callado la vez anterior. «Te reíste de mí como un salvaje el otro día», dijo. «Soy un salvaje, ni te imaginás», le contesté. «¿Un salvaje que no sabe cuándo una mujer está decidida a todo?», siguió ella. Yo, sorprendido, la miraba sin responder. «Quiero acostarme con vos», agregó. Qué momento, no me salía nada, sólo hice un gesto de satisfacción. Luego llamé un taxi. Ya en el viaje fui preparando el clima. Ella tenía una tranquilidad y una alegría irresponsables. Decía las mismas palabras cariñosas de siempre, esas remanidas confesiones de amor, lugares comunes que terminan por aburrir. Yo también hacía lo de siempre, le murmuraba al oído las cosas que pensaba hacerle y trabajaba con las manos. Ella me dejaba, pero no sintonizaba la misma onda. Cuando entramos en la habitación se escurrió al baño y cerró la puerta. Irá a higienizarse, pensé. Cómo tardaba. Bah, a lo mejor no tardó tanto, aunque a mí me pareció un siglo. Para acortar la espera fui sacándome la ropa de la cintura para arriba. De pronto, la puerta se abrió y apareció toda desnuda. ¿Usted sabe lo que es el shock térmico? Es un descenso abrupto de temperatura que se usa para pasteurizar la leche: mata todo. Bueno, Gloria me pasteurizó. Claro hombre, cómo va a obviar etapas: el erotismo es una serie de actos progresivos y ordenados. Desnudarse mutuamente es un paso imprescindible. No sé qué cara habré puesto que ella se detuvo como tocada por un rayo paralizante, hasta la sonrisa se le detuvo. La hubiera visto parada frente a mí como una estatua clásica. Qué piernas, qué tetas, qué proporciones; la Venus de Milo con brazos, parecía. ¿A usted lo calienta la Venus de Milo? A mí tampoco. No sabía qué hacer, si sacarme los pantalones y los zapatos o ir y abrazarla. Me decidí por abrazarla. En el espejo la veía de atrás: tiene el culo más perfecto que yo conozca. Pero no había caso, mi ánimo estaba por la rodilla. Para peor, ella no hacía más que decirme «te quiero». Qué se le puede decir a una mujer que, en semejantes circunstancias, le dice a uno algo así. En la cama no puedo decir «te quiero». Póngase en mi lugar: yo tratando de encaminar la situación y ella perturbándome con esas dos palabritas. No me dejaba concentrar, era insoportable. El tiempo pasaba y yo seguía en punto muerto, cada vez más nervioso. Gloria, al contrario, ganaba en desenvoltura. Figúrese, es como si el vaso le indicara al vino la manera de volcarse adentro de él. Además, tocaba de oído y le salía realmente muy mal. La *fellatio* no es como chupar una naranja. Me irritaba. Al final, cuando vio que no podía, alzó los ojos desde allá abajo y me miró como suplicando, acalorada y humedecida, con las mejillas muy rojas. Puro simulacro; yo capto al vuelo la inminencia del placer y no sentía la menor vibración hedónica. Eso era el colmo y no lo aguanté. «Pará, nena –le dije–, no te gastes en gimnasia si no sos capaz de sentir como mujer; es inútil, conmigo y con cualquier otro.» Me miró a los ojos despacio, primero como incrédula y luego con esa mirada temible que yo le contaba, y saltó de la cama como si hubiera visto el virus del SIDA en persona. Volvió a encerrarse en el baño. Una lástima, si me hubiera dejado habría encontrado la forma, siempre la encuentro. Me quedé ahí confundido, esperando. No veía las cosas con la claridad de ahora: los gestos y las reacciones de Gloria habían sido muy convincentes y yo me había apesadumbrado, tenía una sensación de despojo que no podía precisar con claridad. Así y todo, trataba de organizar mi cabeza para arreglar las cosas. Un hedonista no puede fracasar. Si la puerta del baño se hubiera abierto dos minutos más tarde posiblemente lo hubiera logrado, pero cuando se abrió, me tomó desprevenido. Gloria salió vestida y cruzó la habitación resuelta a irse sola. Entré en pánico. Tenía que detenerla y actué por impulso, hice algo que su estructura mental no podía entender en su verdadero significado. «Gloria», la llamé. Ella se detuvo y me miró con frialdad. Las palabras no me salían. Entonces le sonreí enigmático, y para ofrecerle lo mejor de mí, lo que ninguna había dejado de valorar en grado superlativo, le mostré, sacándola de a poco, solemnemente le diría, todo el largo de mi lengua. Y mire, habrá pasado tan rápido como la sombra de un meteoro pero yo la vi, estoy seguro: hubo un instante de admiración en su cara, aunque lo que quedó fue lo que ella quiso mostrarme: repugnancia, desprecio. «Inmundo», dijo antes de dar el portazo. Qué le parece. Comprendo su silencio. Todos los días la espero a la salida de la escuela y se niega a hablarme. Allá voy ahora. Yo estoy dispuesto a perdonarla, la he perdonado. Sí, ya sé que un hedonista no debe insistir en el fracaso, pero no tengo alternativa. De ahí que esté en crisis. ¿Recuerda que le hablé de una sensación de despojo? No tardé mucho en precisarla: Gloria se quedó con todo el placer que yo era capaz de sentir. Me bajo en la próxima.

ÚLTIMOS JUEGOS

DIEGO SE AGACHÓ justo a tiempo para que la rata no le diera en el pecho. Oyó el golpe contra la pared y miró la estrella roja que lentamente empezaba a chorrear. Cuando se dio vuelta, Lalo lo estaba mirando.

—Casi la agarro en el aire —le dijo.

Lalo no le contestó.

—Casi la agarrás en el aire. No me hagas reír —intervino Hernán—. ¿Qué tal si le tiro otra, Lalo?

Apoyado en un rincón, Lalo se acariciaba el pecho con indolencia.

—¿Qué tal si le tiro otra, eh?

Diego se había puesto colorado, pero Lalo esperó todavía a que bajara la vista.

—No, la próxima que la agarre él —dijo al fin.

—Claro que la voy a agarrar —contestó Diego. Vaciló, y como ellos no reiniciaban el juego, dio un salto y se hundió hasta las rodillas en el maíz; gritó y removió las mazorcas hasta que una rata brotó delante de él. Pero estiró el brazo demasiado tarde.

—Cagón —dijo Hernán.

—No soy cagón.

Lalo entornó los ojos como si pudiera leerle el pensamiento, bajó la mano, se acarició el vientre y jugó apenas con el vello del ombligo. Luego, como al descuido, se acomodó el jean en la entrepierna.

–Yo podría creerte que no sos cagón –dijo después.

–No te gastes –interrumpió Hernán–. Es muy, pero muy cagón.

Lalo no lo tomó en cuenta.

–Voy a darte una oportunidad –dijo a Diego–. ¿Te animarías a subir a la torre de la iglesia y a pararte en el hueco de arriba sin agarrarte?

–Qué se va animar –dijo Hernán.

–Sí –contestó Diego.

–¿Y a hacerle burla al loco de la navaja?

–Claro.

Hernán sopló ruidosamente.

–¿Y a acostarte acá desnudo y dejar que una rata te camine encima?

Palideció. No se atrevía a contestar y la expresión de Lalo se iba endureciendo. Cuando Hernán ya parecía gozar del triunfo, habló, pero la voz le salió ronca y casi inaudible.

–También –dijo.

–Sacate la ropa –ordenó Lalo.

De nuevo, tardó en responder.

–Que me camine por acá. –Se pasó la mano por el torso.

–Sacate la ropa.

Empezó por las zapatillas. Después, muy despacio, se quitó los pantalones.

–Toda la ropa.

Rojo de vergüenza se sacó el calzoncillo. Lalo dejó su rincón con desgano, juntó la ropa y se la dio a Hernán.

–Tomá, llevala –le dijo. Pero tuvo que hacerle un gesto con la cabeza para que se fuera.

–¿Dónde la lleva? –preguntó Diego cuando estuvieron solos.

Lalo, ahora, le juzgaba atentamente el cuerpo.

–¿Y si la rata te muerde el ñoqui? –le dijo.

Diego no le contestó, permanecía expectante. Lalo levantó una mazorca del suelo y la arrojó hacia arriba.

–No te preocupes, ya te va a crecer –dijo. Recogió la mazorca en el aire y se la puso perpendicular a la braugeta.

–Así, ves. Mirá qué linda. –La hacía oscilar desde la base en todas direcciones.

Diego quiso decir algo pero sólo le salió sonreír.

–Agarrala –dijo Lalo.

A él se le desfiguró la sonrisa.

–Agarrala, vamos.

Bajó los ojos, rodeó con la mano la mazorca y la apretó apenas.

–No la sueltes. Mirame.

Antes de que lo mirara, oyeron pasos. Diego retiró la mano.

–Ya está –dijo Hernán entrando.

Lalo se alejó un poco y gritó la orden de caza. Hernán lanzó otro aullido; los dos empezaron a saltar en el maíz. Diego se quedó allí parado pero después se sentó. Se examinaba la mano con incredulidad. Luego, como si no debiera, agarró una mazorca y la colocó en el lugar de su sexo. La inclinó hacia un lado y el otro; la hizo apuntar hacia el techo. Estaba mirándola cuando se sobresaltó. Pero no lo habían visto. Lalo estaba muy atento a la superficie del maíz. *Salgan, hijas de puta*, gritaba. Las piernas se le hundían entre las mazorcas pero mantenía sin esfuerzo el equilibrio con los brazos. En cambio Hernán andaba a los tumbos, se caía a cada paso y no paraba de reírse. Diego no entendía que Lalo lo tuviese de amigo. Además, era dos años menor, casi tan chico como él. Admiró los movimientos seguros de Lalo hasta que Hernán, fanfarroneando, mostró en alto la rata que había cazado. La sostenía por la punta de la cola.

–Vení –dijo Lalo desde el medio del granero.

Él negó con la cabeza al mismo tiempo que se ponía de pie. Caminó hacia ellos con cara de pedir clemencia. Lalo lo hizo sentar y luego lo empujó suavemente hasta hacerle apoyar la espalda en el maíz. Le llevó los brazos hacia atrás.

–¿Qué tal si la apretás en un sobaco? –dijo.

Diego hizo un gesto de asco pero Lalo no lo vio. Estaba acomodándole las piernas, minuciosamente, bien estiradas y abiertas.

–Apurate, que me canso de tenerla –dijo Hernán.

La rata se doblaba hacia arriba y, con movimientos eléctricos, tiraba tarascones intentando morderle los dedos. Lalo la miró satisfecho.

–Por dónde empezamos –preguntó.

Los ojos de Diego perdieron brillo, la frente se le humedeció.

–Habías dicho que me caminara –dijo.

–Sí, pongámosla que lo camine todo. –Hernán se arrodilló entusiasmado. Lalo le detuvo el brazo justo antes de que la rata tocara el pecho.

–¿Querés que te camine por acá? –dijo Lalo bajándole por la ingle con la punta de una mazorca.

–No, por favor.

–Entonces, por acá. –Trasladó la mazorca al lado interno de un muslo.

Él, instintivamente, cerró la piernas.

–Qué hacés –gritó Lalo y, con las dos manos, se las abrió por la fuerza–. Empecemos de nuevo.

Hernán miraba sin pestañear, se mordía los labios; la rata no dejaba de retorcerse. Inmóvil, con los ojos fijos en el techo, Diego soportaba ahora la mazorca que le subía entre los muslos.

–No, por ahí tampoco –suplicó.

–¿Por qué?

–Tiene miedo de que se la coma; no se va a empachar la pobre –dijo Hernán y largó la risa. Lalo distaba mucho de reírse.

–Por qué, te pregunté.

Diego abría la boca pero no le salía ningún sonido, ya tenía la mazorca en la entrepierna. Ladeó la cabeza a un costado.

–¿No vas a contestarme? –Lalo dio un empujón violento a la mazorca. Diego pareció a punto de llorar.

–No quiero que me muerda el ñoqui –murmuró en tono de derrota. Con la mano libre, ostentosamente, Lalo volvió a acomodarse el jean.

–¿Siempre la tenés tan chiquita? –preguntó.

Él ahora se apuró a responder.

–No, a veces se me pone grande.

–Sí, como un cigarrillo –se rió Hernán.

Diego giró la cabeza, vio fugazmente el bulto del pantalón entre las piernas de Lalo, y volvió a enfrentarlo a la cara.

–Se me pone grande cuando me acuerdo de una cosa.

Lalo aflojó la presión sobre la mazorca y lo estudió con desconfianza.

–Por qué no terminamos de una vez. Que lo camine y listo –dijo Hernán. La rata se movía débilmente.

–Lo que veo a la noche por las hendijas de la ventana de mi cuarto –siguió Diego. Lalo retiró la mazorca y, sin soltarla, cruzó los brazos–. Ella debe tener catorce y él...

–Me va a morder. Miren –dijo Hernán. Lalo y Diego miraron a la rata. De nuevo trataba de liberarse pero no podía alcanzar los dedos.

–Dejala, no llega –dijo Lalo. Y volviendo enseguida' a Diego–: ¿Qué fue lo que viste?

–Sí que llega. Les digo que casi me mordió.

Lalo estiró la boca hacia un costado.

–¿Qué era lo que habías visto?

–Ella debe tener catorce –repitió Diego–, pero con un cuerpo bárbaro. Él es un tipo grande, como de veinte. La otra noche la tenía apoyada contra el árbol de la vereda. No, no puedo –dijo–. Cada vez que me acuerdo se me pone...

Lalo agarró el brazo de Hernán que sostenía la rata.

–Contanos. O querés que te la muerda –dijo.

–Al principio nada más que besos y esas cosas. Pero después le metió la mano debajo de la pollera. El tipo estaba de

espalda así que mucho no le vi. Pero ella se empezó a deses-
perar, miraba para arriba y abría la boca respirando muy fuerte. –Imitó el jadeo.

–Después él le sacó las tetas afuera. –Se interrumpió otra
vez como si le costara un esfuerzo enorme revivir la escena.

–¿Qué pasa? –dijo Lalo–. ¿Te olvidaste cómo seguía?

–No, nunca me voy a olvidar. Se las empezó a besar o no
sé qué, pero ella no aguantaba lo que él le hacía. Se ponía como loca, había agarrado la cabeza del tipo con las dos manos
y se la apretaba contra las tetas moviéndose para refregárse-
las bien. –Cerró los ojos. Parecía disfrutar de las imágenes.
Lalo se tapó la entrepierna con las manos. Hernán tuvo que
humedecerse los labios antes de hablar.

–Qué tiene de extraordinario –dijo–. Al final me va a morder. Terminemos o la suelto.

–La tenés ahí hasta que yo te diga –dijo Lalo. Y a Diego–:
Vos seguí.

–Y después él se arrodilló y metió la cabeza abajo de la
pollera. Y ella empezó a retorcerse con las tetas afuera como
si se rascara la espalda en el árbol. Ahí le vi bien las tetas, si
las hubieras visto, y me di cuenta de que sudaba mucho y que
no podía más.

–¿Cómo las tenía? –dijo Lalo–. Las tetas, ¿cómo eran?

–Grandes.

–Sí, pero ¿cómo eran? ¿De qué clase?

Diego dudó como si no comprendiera.

–Viste. Son mentiras. No vio nada. Se inventa todo para
salvarse –dijo Hernán.

–Tenés que verlas. Si querés te digo cómo entrar en mi casa de noche y miramos los dos juntos.

–No sé si es verdad –dijo Lalo–, el tipo no puede haberse
quedado así.

–No, si no se quedó así. Cuando la puso que no podía más,
salió de abajo de la pollera, la sacó a ella del árbol, y se apoyó
él. Tenía la cosa afuera, enorme. Yo tampoco podía más, me

dolía de tan dura. Decí que soy chico. Pero vos, con el cuerpo que tenés, sos mejor que el tipo ese.

Lalo se quedó pensando.

—Contame lo que le hizo ella —dijo.

—¿Ella? Ella se la agarró y... Pero no, Hernán no me cree, lo que le hizo ella te lo cuento a vos solo. —Lalo hizo un gesto de sorpresa. Hernán balbuceó algo pero no llegó a decir nada: aflojó los dedos y la rata cayó sobre el cuerpo desnudo. Diego se paró de un salto.

—Te dije que la tuvieras, idiota —gritó Lalo parándose también.

—Se me escapó. —Con grandes pasos, como si quisiera recuperarla, Hernán se alejó unos metros. Lalo no lo persiguió. A la luz de la puerta, Diego se miraba escrupulosamente la zona en que la rata lo había tocado. Se frotaba y volvía a mirarla. Entonces Lalo se le aproximó. Cuando sintió la mano en la espalda, Diego se quedó inmóvil. La mano subió hasta el hombro, lo apretó suavemente y él tampoco se movió. Había dejado la mirada en un punto cualquiera y parecía alerta. Lalo le acercó los labios al oído.

—Le digo a Hernán que se vaya, ¿eh?

Él no contestó.

LAS COSAS NUNCA SALEN
COMO UNO QUISIERA

LA CONOCÍ POR CULPA DE MI SOCIO. Fue él quien se fijó primero en ella. Acabábamos de almorzar y yo me había demorado adentro del boliche esperando la cuenta. Salí, y lo vi siguiendo a una chica por la mitad de la cuadra. Ella no le llevaba el apunte, seguro que le decía las mismas bestialidades de siempre, es un animal. Apuré el paso y los alcancé. A mí me gusta decir piropos y la chica estaba muy bien, al menos de atrás. No recuerdo qué fue lo que le dije, algún elogio. A esta altura, lo primero que me despierta una piba de veinte es admiración y se lo digo. No es que ande buscando programa, lo hago de puro vicio, aunque si se da... El caso es que ella me miró y me hizo una sonrisa larga; quiero decir que siguió sonriendo después de verme la calva y la ropa de trabajo manchada de grasa. Me quedé medio cortado por la sorpresa. «Andá que está con vos», dijo mi socio dándome con el puño en los riñones.

Una vez que empecé, me fue fácil. Ella no se hizo rogar para hablarme y cuando la invité a tomar algo dijo que sí enseguida. Nos sentamos a una mesa junto a la ventana. Ella hablaba sin parar y me miraba continuamente a los ojos como preguntándome no sé qué. La mirada no tenía nada que ver con lo que decía. Qué cara tramposa, pensé. Linda. Decía que era raro que yo no la tuviera presente porque ya nos habíamos cruzado antes, ella trabajaba en una tienda a dos cuadras del taller; que se llamaba Adriana y era de Sagitario, muy sensible; que coleccionaba muñecas. Hablaba tanto que me costaba seguirla. Pero lo realmente difícil era sostenerle la mirada. En un momento en que bajé la vista, me vi el anillo de casamiento. Igual ya era tarde, esas cosas a las mujeres no se les escapan, pero Adriana no lo había mencionado. Señal de que no le importa, pensé, y le agarré una mano: lo peor es pasar por lerdo. Ella sonrió aprobadora y empezó a jugar con mis dedos como si lo viniera haciendo desde siempre. Mientras, me contaba que vivía con la madre, que no era compañía para ella porque no se entendían. «¿Y tu papá?», le pregunté. Ahí hizo un silencio y apartó de mí la mirada por primera vez. Miró la calle y descubrió la caravana de un circo que se acercaba. Le agarró un entusiasmo descomunal. El circo desfilaba frente a nosotros y ella me señalaba los payasos y nombraba a los animales. Estuvo eufórica hasta que ya no pudo ver el último carromato ni con la cara pegada al vidrio de la ventana. Después se calmó de a poco y retomó la charla para decirme que tenía mala suerte con los hombres, porque los que se le acercaban eran del tipo de mi socio, y que no salía con nadie. Aquí paró de hablar, como esperándome. Entonces le dije qué lástima, tan linda y solita, y que me gustaría acompañarla un poco. Aceptó. Quedamos en que la iba a ir a buscar a la salida de la tienda cualquier día de esos y se fue porque tenía que volver a trabajar.

Cuando le conté a mi socio, no se alegró nada. Claro, él es joven, mide uno noventa y hace aparatos. Seguro que mucho no me creyó, y como después no le volví a hablar de Adriana debió pensar que todo había sido un cuento para hacerlo rabiar. La verdad es que los días se me iban pasando y no me decidía a buscarla. Raro, porque ganas tenía; creo que en el fondo presentía algo.

No habría pasado una semana de la charla en el café, cuando una tarde que yo estaba en la fosa poniendo un chapón oigo a mi socio que me llama. Apenas me asomo, le veo la sonrisa medio forzada. Me señala la puerta con la cabeza. Subo y ahí estaba Adriana, con unos pantalones blancos muy justos y un paquetito largo envuelto para regalo. «Qué hacés, vení, pasá», le dije, qué le iba a decir. Ella no se movió: las mujeres sólo entran al taller sobre cuatro ruedas, las que entran de a pie saben que están en territorio enemigo, o sea: buscan guerra. Fui yo caminando hasta la puerta. «¿Qué hace la chica más linda del barrio?», le digo. Ella sacudió el pelo nerviosa, y poniendo cara de reproche y de disculpa al mismo tiempo, me dijo: «Sos un poco mentiroso vos, me cansé de esperarte». Yo empecé medio trabado porque no tenía ninguna excusa pensada: que sí, que iba a ir, pero que había estado tapado de trabajo y no lo podía largar solo a mi socio, que no me había olvidado, cómo iba a olvidarme. Ella estaba cruzada de brazos y con una mano tocaba el piano sobre el pulóver; me miraba muda, con la cabeza ladeada y los labios fruncidos. Al final hizo como que no le importaba. «Te extrañé mucho –dijo–, esto es para vos», y me da el paquetito. Yo no lo quería aceptar pero no me dio tiempo. «¿Vas a ir a buscarme?», dijo. «Sí, claro que voy a ir, no fui por lo que te dije, en serio (la miraba a los ojos para parecer sincero). La pura verdad, te juro.» Poco a poco, se le iba aflojando la desconfianza, me di cuenta de que quería creerme. «No veía la hora de verte de nuevo», le dije para rematar. «¿Y cuándo vas a ir?», me pregunta bajito con la voz desafinada, casi con miedo. Yo demoré en contestarle, no podía creer lo que me pasaba, me parecía haber retrocedido veinte años. «Mañana, mañana cuando salgas del trabajo tomamos un café», le digo. Fueron palabras mágicas, se le borró la preocupación de la cara y se puso contenta como antes. «Bárbaro, te espero», me dice; y ya se iba, como para que no pudiera arrepentirme. «Esperá que abro el regalo», le grité. «Te espero mañana», gritó también ella desde lejos.

Me quedé ahí parado con el paquete. «¿Qué será?», dije pensando en voz alta. «Un forro gigante, los enanos tienen fa-

ma de superdotados», contestó mi socio. Yo torcí la boca y lo
dejé riéndose solo. Me revientan las bromas sobre mi estatu-
ra. Era una corbata a rayas, de colores sobrios; se notaba que
ella, al elegirla, había pensado en mi edad. Yo no entendía nada. Después, en frío, me parecía que el asunto no podía ser
como aparentaba. Demasiado fácil. Ya no puedo creer así
nomás en un amor a primera vista: a veces me miro al espejo. Ni de galán maduro puedo dármelas.

Al otro día, en el café, llevábamos un buen rato de charla
y yo no había encontrado la oportunidad para ponerla a prue-
ba. De nuevo no podía meter ninguna cuña en la conversación. Ella me venía contando su vida desde el principio, como para que yo supiera hasta el último detalle. De golpe noté
que se había saltado una parte. Sin explicarme nada había dicho: «Cuando quedamos solas, entré a trabajar en la tienda,
de algo teníamos que vivir. Pero necesito otra cosa: la plata
apenas nos alcanza para comer». «¡Y me regalaste una corbata!», le digo. Ella sonrió orgullosa. «Justamente yo también
quería hacerte un regalo –le dije– pero no sé qué comprar.»
Saqué un billete de cien. «Tomá, comprate lo que quieras.» Se
puso triste. «Si querés regalarme algo, comprame un chocolate grande», contestó. Yo respiré aliviado. Cuando salimos,
le compré un chocolate enorme, y antes de que subiéramos al
coche ya se lo estaba comiendo.

Estacioné por ahí cerca, en un lugar tranquilo. Paré el motor y la miré fijo, como dispuesto a ir al grano. Ella pareció
sorprenderse y dejó de masticar, fue un segundo nomás. Después siguió comiendo, se hacía la distraída. Todavía le quedaba la mitad del chocolate, y para apurar la cosa, le pedí que
me convidara. Me dio un pedacito que ni se veía. «Qué generosa», le dije. Ella levantó los hombros. No sé si me parecía
a mí o el chocolate ese no se terminaba nunca. Al fin lo terminó y se inclinó sobre mi pecho. Mientras sólo le acariciaba
el pelo y le hacía cosquillas detrás de la oreja anduvimos
bien. Se quedaba quietita como una gata mimosa. Pero no

bien intenté bajar la mano me dijo: «No, seguí así que me gusta». Qué sé yo cuánto tiempo me tuvo con lo mismo, ya estaba aburriéndome. Medio me enojé, hacía mucho que no me quedaba con las ganas. Entonces me dejó besarla, pero con un quite de colaboración total. Eso me molestó, puse en marcha el auto y la llevé a la casa. En el camino apenas si le contestaba lo que decía. Me rompía la cabeza pensando: si ella sabe que soy casado, ¿a qué tantas vueltas?, no iba a pretender que le hiciera el novio. ¿Pero quién entiende a las mujeres?, hacen cosas inexplicables y al tiempo uno se da cuenta de que lo llevaron de aquí para allá como un gallito ciego para llegar a donde era más fácil ir derecho.

Había quedado bien calentito y se lo comenté a mi socio. «Estará loca, qué sé yo –dice–, si no es para sacarte plata debe estar loca.» «¿Qué querés decir?», le dije. «Bueno, no sé, se habrá enamorado», contestó con cara de sobrador. Sigue con la sangre en el ojo, que se vaya al diablo, pensé. Y me puse a trabajar para no seguir hablando. Estuve toda la tarde que no me aguantaba ni a mí mismo. Cuando estábamos ordenando el taller para irnos caí en la cuenta de que había entregado un coche sin el filtro de aire; y él, al ver el filtro en mi mano, sonrió burlón e hizo sonar un beso largo con ademanes. Preferí no hacerle caso, porque si no, se armaba. Para peor, a la noche, anduve dando vueltas por la casa como enjaulado y mi mujer empezó a mirarme torcido. Ella me había agarrado en un renuncio hacía dos años y ahora olía el peligro como un escape de gas en la cocina. La diferencia era que esta vez no me importaba. Cuando vino a acostarse me hice el dormido. Estaba preocupado: a mi mujer la quería y nunca había tenido problemas con mi socio. Me daba cuenta de cuánto se podía complicar mi vida por culpa de Adriana. Decidí que cuando la volviera a ver, tenía que quedar todo muy claro o terminar.

Pero la vez siguiente fue lo mismo, mantuvo la defensa en alto todo el tiempo. Hablaba de las discusiones que tenía en el trabajo o con la madre y se quedaba esperando mi opinión. ¿Esta mina me querrá para que le dé consejos?, pensaba yo. Entonces le dije: «Mirá Adriana, yo soy un hombre casado y no tengo ningún problema con mi mujer, ¿me entendés?, NINGÚN PROBLEMA. Tengo tres hijos, la mayor tiene tu edad, y la familia es lo más importante para mí. Me gustás mucho, podemos pasar buenos ratos juntos, todo lo que vos quieras. Pero ahí se terminó, ¿entendiste? No quiero que te equivoques».

No entendió. «¿Y cómo es ella?», preguntó. «¿Mi mujer?», le digo. «No, tu hija, la de mi edad.» Yo me quedé cortado. «Qué sé yo, soy el padre: es bonita..., una chica sin complicaciones, alegre», le dije. Ella no preguntó más, me miraba como de lejos. «Vamos, qué pasa –le digo–, si no hay ningún drama, podemos divertirnos.» Negó con la cabeza. «Vamos», le dije de nuevo, y ella volvió a negarse. Se estaba poniendo pesada. Perdido por perdido me arriesgué: «No demos más vueltas. Vamos a un buen hotel, ¿eh?». Primero pensé que no había escuchado, después soltó un *no* tan cortito y débil que apenas pude oírlo. Y no hablamos más, por un rato cada cual estuvo en lo suyo. Me costó, pero al final lo decidí. «Está bien –le dije–, vos elegís...Y otra cosa: no vuelvas a aparecerte por el taller, esto se terminó.» Ella siguió callada. Se había puesto pálida. Me besó como a un amigo y bajó del auto. Qué le voy a hacer, pensé, si hubiera aceptado habría sido como tocar el cielo con las manos, pero así no podíamos seguir. Había hecho bien: me la había sacado de encima a tiempo. Al menos eso creí y me sentí aliviado.

Serían las diez de la mañana del día siguiente cuando apareció por el taller, feliz y desenvuelta, hablando mucho de todo menos de la tarde anterior; parecía haberla borrado. Pensé que era su forma de perdonarme, así que le seguí el juego. Traía una camisa de regalo y me preguntó si iba a ir a buscarla a la tarde. Le dije que no podía y que se llevara la camisa. Pero no pude convencerla. A los tres días volvió; me contó mi socio porque yo no estaba. Y a la mañana siguiente, como me avisaron, me escondí antes de que me viera; igual me dejó un cinto. Yo no quería saber nada, me agarraba la cabeza. Si iba a la tienda a devolverle las cosas seguro que se ponía a discutir y hacíamos un papelón. Mandárselas con otro era inútil porque no las iba a recibir. Y si me las quedaba: ¿cómo le explicaba a mi mujer que había comprado todo eso? La única solución era guardarlas en el taller para ir sacándolas de a poco; pero no quise, hubiera sido como aprovecharme de ella. En algún momento se va a cansar, pensaba yo cada vez que, desde mi escondite, veía que asimilaba el *no está* sin pestañear siquiera, casi indiferente. Y, sin embargo, volvía. Me hacía sentir un cretino.

Ante mi socio, yo aparentaba tomármela en broma. «¿Viste cómo me quieren las chicas? ¿A que a vos no te hacen regalos como estos?», le decía. «A mí las minas me dan cosas mejores», gruñía él; y todo terminaba ahí. Hasta que ayer, después que ella se fue, de comedido nomás, se puso a opinar. «Lo que quiere esa mina es un macho que la atropelle –dice–. Estate atento cuando vuelva que te voy a enseñar cómo se hace. Vas a ver que le hago cambiar las pilchas por otras para hombre.» Yo me enfurecí. Le dije que si le ponía un dedo encima a Adriana le reventaba la cabeza de un fierrazo y que, desde ya, fuera pensando en poner un taller por su cuenta. «Pará, loco –dijo–, no sabía que estabas de novio.» No le contesté. En el momento, él tampoco agregó nada, pero un poco después me dijo: «Si hablás en serio, sabé que a lo de ponerme por mi cuenta le vengo dando vueltas desde que estás en la luna». Quedé aturdido, sin saber qué decir, no imaginaba que podía llegar tan lejos. Era cierto, yo había estado muy distraído; si no habíamos tenido problemas con los clientes había sido porque él vigilaba mi trabajo. En todo ese día apenas si nos hablamos, yo tragándome la humillación, y él agrandado por lo dicho. A eso de las cinco me cambié, tiré todos los regalos en el asiento de atrás del coche, y fui a esperar a Adriana a la salida de la tienda.

Cuando me vio se le iluminó la cara y subió al auto enseguida. No la dejé besarme. «Te había dicho que no fueras al taller –le digo–. A ver si nos entendemos: NO QUIERO SABER MÁS NADA. Borrate para siempre, ¿entendés?, bien clarito: PARA SIEMPRE. Yo no le hago el novio a nadie, ni a vos ni a nadie. Y, oíme bien, ahora voy a llevarte a tu casa, y te vas a guardar tus regalos. De todo esto no quiero conservar ni el recuerdo.» Se lo dije de un tirón, quería ser como una aplanadora, matarla, que no le quedara aire para contestarme. Pero no. «En mi casa no bajo», dijo ella, y se puso a jugar con los dedos en mi pelo, en plena avenida, a la vista de todos. Arranqué y desaparecí de ahí, subí a la Panamericana. Para hacerme reír, me hacía cosquillas en la nuca, que la tengo sensible pero, como yo no aflojaba, me desabrochó la camisa y empezó a acariciarme el pecho. Decía que yo tenía razón, que se había portado como una tonta y que ahora iba a ser una nena obediente. Yo manejaba serio, mirando fijo la ruta, como si no la oyera. Ella bajaba la mano cada vez más. «¿Adónde vamos?», me dice pasando suavecito un dedo sobre mi piel, al borde del cinturón. «Qué sé yo, para el lado de Córdoba, te bajo en Chañar Ladeado o por ahí, después volvete como puedas», le dije medio atragantado y temblándome la voz. Ella sonrió. Bah, sí, me juego, pensé, la llevo a un hotel. Pegué un volantazo y bajé de la autopista. Ella, sorprendida, sacó la mano y miró alrededor. Cuando, en vez de retomar la ruta para volver, seguí por la callecita lateral, se enderezó muy seria en el asiento: teníamos el hotel enfrente. Yo seguí adelante sin mirarla, tan mudo como ella; que notara que estaba decidido.

No bien entramos en la habitación empecé a desvestirme. Ella seguía sin abrir la boca, mirándome, parada cerca de la puerta. «¿Y?», le digo. No contestó. Me sentí incómodo: es difícil desnudarse frente a una mujer vestida que lo mira a uno. «¿Qué pasa ahora?», le pregunté recelando la respuesta. «No quiero», dijo. Zas, empezamos de nuevo, pensé; y dejé caer los brazos como quien está en el colmo del cansancio. «No quiero», volvió a decir casi rogándome. Yo vi que era inútil y me puse de mal humor. «Bueno, se acabó, vámonos», le dije muy seco. Ella habrá notado que esta vez iba en serio o esperaría otra reacción, porque dudó. Pero enseguida le brillaron los ojos de entusiasmo: «Mejor nos quedamos un ratito», dijo. Tan perplejo me habrá visto que lo repitió: «Sí, un ratito». El malhumor se esfumó al instante y me acosté. Ella se sacó los zapatos y se acurrucó contra mí, me abrazó. Yo no podía creerlo, me sentía en las nubes. Empecé a acariciarla. «Quedate quieto», dijo. «¿Y ahora qué hice?», le contesté alarmado. «Nada, contame algo», me pidió como lo más normal. Me confundió del todo y abandoné: ya no me quedaba resto. «¡Y qué querés que te cuente!», le dije resignado. Pensó un momento. «Algo que empiece con *había una vez*.» A mí me salió como si hubiera sabido que iba a pedirme eso: «Había una vez un tipo que estaba de lo más bien porque no esperaba nada –empecé–. Hasta que un día le hicieron una sonrisa larga y, el muy boludo, creyó que podía recuperar el pelo y la temperatura de veinte años atrás». Hablaba sin mirarla. No me importaba si me escuchaba o no. Tardé en darme cuenta de que se había dormido. Entonces me levanté despacio y empecé a vestirme. Estaba amargado, me iba a ir, que la despertara el timbre. Cuando estuve listo, la miré. Dormía profundamente como una nena de dos años: entregada, con la frente lisa y los labios flojos. Sólo los chicos se animan a dormirse a fondo, saben que uno está allí cuidándolos y creen que puede contra todo, desde el dolor de oídos hasta las brujas. Me quedé, no sé cuánto, sentado en el borde de la cama. Se despertó de a poco. Primero entreabrió los ojos y me sonrió, después los volvió a cerrar. Luego estiró las piernas. «Vamos, apurate –le dije–, se termina el turno.» Pero no podía apurarse. Todavía en el auto seguía amodorrada. Recién se despertó del todo cuando paré en un quiosco a comprar cigarrillos. Entonces me miró vivaracha, con esos ojos enormes que tiene. Qué le voy a hacer, pensé, las cosas nunca salen como uno quisiera. Y pedí un atado de rubios y un chocolate grande.

Mariana, Sarahbán y los microbios

Mariana se da vuelta de costado y abraza la almohada. No quiere despertarse. Los ruidos de afuera le llegan vagamente, un murmullo informe que se organiza, se hace más nítido y termina siendo el ruido del ascensor, los pasos en el pasillo, la radio del vecino y el fragor lejano de la calle. Abre los ojos y mira el reloj. Siete y cuarto. Es demasiado temprano y ya no podrá volver a dormirse. Cruza las manos detrás de la nuca y permanece boca arriba demorando el momento de levantarse.

Sarahbán va saliendo del sueño lentamente, como si subiera a la vigilia desde profundidades incalculables. Ahora comienza a levantar los párpados.

Mariana se sienta en la cama. Toma de la mesa de luz las planillas que tendrá que llenar por la tarde durante la carrera de natación y las hojea sin ganas. Luego las deja de nuevo donde estaban y toma el cronómetro: lo pone en marcha, lo detiene, vuelve a arrancarlo y a detenerlo, lo pone otra vez en cero. Justo a ella vienen a pedirle exactitud cronométrica... A ella, que no encaja en el tiempo, que es el destiempo personificado.

Sarahbán termina de levantar los párpados. Tiene las pupilas quietas. Sin embargo, la mirada va logrando precisión. Ahora las pupilas comienzan a moverse y se detienen sobre algunas cosas, como si tuvieran que escoger algo muy especial.

Mariana ya se ha lavado la cara y los dientes, también se ha recogido el pelo. Va a la cocina y ve que su madre le ha dejado la yogurtera funcionando. Pobres bacilos, piensa con piedad, trabajan de esclavos haciendo yogur. Esclavos de tiempo completo, día y noche. Bah, pobres no. Son libres a su modo, una libertad envasada. Y nunca tienen sueño, ni cansancio, ni pereza. Siguen reproduciéndose alegremente, sin pensar ni dudar.

Después de valorar cada objeto con parsimonia, los ojos de Sarahbán aprobaron algo tan próximo que puede alcanzarlo sin moverse de donde está. Un apéndice de su cuerpo se ha empezado a elevar. Sin embargo, tiene la actitud descuidada de quien cumple una acción rutinaria. La mirada sigue estática en el hallazgo. Pero su atención, vuelta hacia dentro, refleja que otro problema le acapara los pensamientos.

Mariana se prepara un café y va a tomarlo al balcón. Se sienta en la reposera. El día es hermoso y una bandada de pájaros en perfecta alineación cruza el cielo. El reloj de un campanario da las ocho. En la calle, los coches circulan en ambos sentidos, respetando las manos y deteniéndose prolijamente en el semáforo de la esquina. Mariana ve todo eso y recuerda una frase habitual de su padre: «Que el universo se haya hecho por casualidad es tan probable como que de la explosión de una imprenta resulten las obras completas de Aristóteles». La frase le parece acertada. El mundo es demasiado asombroso para que no tenga algún sentido. Lo único desordenado es su cabeza. Y quizá también los bacilos que se agitan sin ton ni son para vivir apenas cuatro minutos. Termina el café a pequeños sorbos y se estira en la reposera con la cara al sol. Siente extrañeza de estar sola en la casa. Si no fuera por la carrera del club habría salido de madrugada con sus padres a visitar a los tíos del campo. La verdad, prefiere languidecer al sol. Cierra los ojos y se deja estar allí mientras trata de imaginar una explosión de la que resulte el universo.

La expresión ausente y preocupada de Sarahbán indica una trabajosa actividad mental. Su imagen está fija en el espacio como si hubiese sido atrapado en la mitad del movimiento: el cuerpo levemente inclinado hacia adelante, la mirada que continúa inmóvil sobre lo que encontró y su brazo que tiende hacia allí. El brazo está más alto; parece detenido pero avanza, no ha dejado de avanzar.

Cuando Mariana mira el reloj, se sorprende. Las divagaciones grandiosas hacen que el tiempo se le pase sin que se dé cuenta. Tendría que ducharse enseguida pero está desganada. Debe haber baja presión, piensa, y se abandona un poco más al sol.

Luego se levanta, y como le zumban los oídos, cree confirmado lo de la presión. Entra en la cocina. Por el simple placer de derrochar tiempo, toma un pote de yogur, lo abre e imagina un yogurnauta intrépido que ha viajado a los confines de su universo lácteo y se asoma a la superficie del líquido. ¿Qué ves, bacilo?, le pregunta. Ah, te ha cegado la luz. Gran descubrimiento la luz. Muy bien, ya te vas acostumbrando. ¿Qué ves? Supone que el bacilo ve una montaña redonda y rosada. No, es la yema de mi dedo que sobresale del borde del pote, corrige. ¿Qué más? ¿Una pradera infinita que se pierde en la bruma? Tampoco, es la manga verde de mi deshabillé. Pobre miope, soy inabarcable para vos. Mariana suspira. Coloca el pote en su lugar y decide escoger la ropa que va a ponerse. Eso le lleva un buen rato. Luego, entra en el baño.

El brazo no ha interrumpido su avance: ya ha superado la horizontal y una enorme garra se está abriendo en su extremo. Pero la expresión de Sarahbán sigue ajena a lo que hace. Un hueco negro, que antes era apenas perceptible, crece en la parte inferior de su cara y la piel que desplaza se va acumulando en los bordes.

Mariana se deja estar debajo de la ducha tibia. Se le ocurre que nada hay más caótico que una nube de mosquitos que se arremolinan en la luz; pero luego, cuando repara en que no chocan unos con otros, le parece sorprendente. De golpe advierte lo azaroso de sus pensamientos y sonríe. Algún orden para pensar debe tener: al fin y al cabo, ella se entiende con todo el mundo. Hasta con el perro se entiende bastante bien. ¿Será que los animales domésticos piensan parecido a los humanos? ¿Será que por eso son domesticables? Un ruido apagado, como de truenos remotos que anuncian tormenta, la saca de sus cavilaciones. Se extraña, el día estaba espléndido. Entonces se da cuenta del tiempo que lleva allí. Ya los bisnietos de los tataranietos del yogurnauta deben haber muerto y ella sigue bajo el agua con las yemas de los dedos arrugadas. Cierra la canilla. Si oyó bien y hay tormenta la carrera se va a suspender y le espera todo un día de encierro en el departamento. No le gusta: la lluvia en soledad la deprime.

En el extremo del brazo estirado, muy por encima de la cabeza, la garra se ha abierto del todo. Sarahbán parece ahora poner alguna atención en lo que está haciendo: necesita afinar la precisión de su mano. El hueco negro ha crecido mucho, le ocupa un cuarto de la cara, y la piel que ha desplazado forma un único labio circular y grueso.

Mariana sale del baño envuelta en un toallón. El sol que entra por el ventanal hace brillar los objetos con mayor intensidad que nunca. ¿Será que la tormenta se avecina por el lado opuesto? No ha vuelto a oír truenos; al contrario, le parece que la calma es excesiva. Nota el aire tenso, como irritado por una vibración que no oye, y recuerda que horas atrás le zumbaban los oídos. Pone el yogur en la heladera. Pobrecitos, les llegó la era glacial, piensa. No sabe qué es peor si el frío o el hambre debido a la superpoblación. Se va a vestir. Le queda poco tiempo y se apura.

El labio se estira, se ha adelgazado; y el hueco, que ya no puede ensancharse más, muestra una caverna profunda, cálida y húmeda. La garra comienza a cerrarse y Sarahbán recae en el ensimismamiento.

Ya lista, Mariana vuelve a la cocina. Tiene hambre. Abre la heladera y, aunque aún no se ha enfriado, saca un pote. Llegó el fin, chicos, piensa al hundir la cuchara. En el preciso instante en que la lleva a la boca se produce un estruendo portentoso. El edificio tiembla. Explosiones formidables vuelven el cielo incandescente y la temperatura del aire aumenta con rapidez. Algo que cae golpea a Mariana en la cabeza. La garra descomunal ha alcanzado el universo de los hombres y lo oprime fatalmente. Ahora lo arroja en la caverna voraz. Poco a poco, los estallidos se hacen menores y los últimos brillos se apagan en la saliva viscosa. El sabor es agradable. Sarahbán mastica con distracción.

LA MÁSCARA

IBA BAILANDO POR LA VEREDA. La profesora de danzas la había elogiado y ya se veía estrella precoz del Bolshoi, una Maia Plissetskaia de once años. Llevaba sólo una pollerita floreada sobre la malla azul eléctrico y bailaba sonriente, ajena a las miradas y a lo que sucedía alrededor. Cuando llegó a la plaza vio que alguien vestido de pato Donald vendía helados bajo la araucaria. Se desvió del camino y fue hacia allí. Donald la miró inmóvil un instante y la saludó con una gran reverencia.

–¿Cómo te llamás?

–Melisa.

El pato se agachó hasta que sus alturas coincidieron y ladeando un poco la gran cabeza lanzó una exclamación de entusiasmo. Los chicos que lo rodeaban festejaron la broma.

–Acá tenemos a la gran artista Melisa –anunció–, que nos viene a visitar desde un lejano país...

–Rusia –acotó ella divertida.

–Eso es, Rusia, ¿de dónde va a ser si no? Y que nos va a brindar su inigualable versión de... –Volvió la cara hacia Melisa.

–No hay música –dijo ella.

–No importa –insistió Donald.

Melisa vaciló. A esa hora la plaza estaba llena de gente que volvía del trabajo y los chicos que rodeaban a Donald la miraban como dudando de que se animara.

—Está bien, la Habanera —dijo, y empezó a ondular de a poco, primero con laxitud y luego, como si el recuerdo de la música la creciera adentro, con el cuerpo tenso por el ritmo cada vez más justo. Contoneó las caderas y sacudió los hombros hasta que al fin, cuando logró mostrarse segura, se aflojó de golpe y miró a todos con una media sonrisa, de esas que parecen pedir la aprobación general para completarse. Donald inició los aplausos con gran aparato.

—Sos una maravilla. Nunca vi nada igual —dijo—. Otra, otra.

—Bueno, una danza española —contestó Melisa entusiasmada.

—No, la Habanera de nuevo. Me gusta la Habanera.

Los chicos, relegados durante demasiado tiempo, protestaron con un murmullo general y dos de ellos se fueron no bien ella volvió a ondular. Donald dejó la caja de helados en el piso y comenzó a imitarla. Así consiguió retener a los que quedaban; pero cuando se sentó como dispuesto a prolongar la función de baile desertaron otros dos. La gente que pasaba miraba el espectáculo sin detenerse, sonreía y seguía su camino. Melisa, ahora, bailaba con más soltura, hacía movimientos más amplios y sensuales, y controlaba de reojo a Donald. Advirtió que estaba como hipnotizado: ni por un segundo había apartado la mirada de ella y parecía no darse cuenta (o no importarle) que los clientes se le estuvieran yendo poco a poco. Al principio, eso la halagó; pero después empezó a confundirla. Tenía la sensación de que, detrás de la máscara, el hombre la espiaba como por el agujero de una cerradura. Fue perdiendo espontaneidad, los movimientos se achicaron; cuando se fue el último espectador, la danza se desarticuló. Entonces, Donald se paró de un salto, gritó bravo y aplaudió.

—Lástima que tengo que irme, me quedaría horas viéndote bailar —dijo, y sacando un helado de la caja se lo tendió—. ¿Vas a baile todos los días?

Melisa miró el helado y lo miró a él. De nuevo, chocó con la máscara. Vaciló un instante, pero aceptó el helado.

–Los martes y jueves. ¿Vos venís?

–Sí, un rato, hasta la hora del ensayo.

Ella hizo un silencio largo. El hombre oculto en el disfraz le estaba hablando con su voz natural y en cierto tono de intimidad.

–Sacate la cabeza de pato.

–¿Así que sos curiosa? Qué bien, con la curiosidad se llega lejos –dijo él cargando la caja. Pero Melisa no lo podía dejar ir todavía.

–¿Qué ensayo? –le preguntó.

–Una comedia musical para chicos. Soy actor.

–Ah... –dijo ella.

Donald esperó atento unos segundos sin que Melisa agregara nada.

–Bueno, me voy. El jueves nos vemos –dijo mientras se alejaba.

Ella lo vio sacarse la enorme cabeza justo antes de que doblara la esquina.

Si no hubiera sido por la lluvia, Melisa se habría encontrado con Donald el jueves. Pero el agua había empezado a eso de las cuatro y ella había tenido que quedarse en casa bailando sola frente al espejo. A las seis, el cielo oscuro y la lluvia persistente le habían hecho perder las esperanzas. Se había sentado y pensaba en él. Lo imaginaba sacándose la máscara. Tenía una cara simpática y le sonreía. Era joven. Le pedía que bailara y ella le pedía un helado. Él se lo daba. Entonces bailaba un poco y le pedía otro. Él se los iba dando todos con tal de que siguiera bailando. Un día, la invitaba a acompañarlo al teatro. Ella iba y la contrataban. Era la primera figura. Al final del espectáculo, con una sonrisa blanca y humilde, él la llevaba de la mano al borde del escenario para que saludara última al público.

Esa noche, muy tarde, mientras oía llover desde la cama, Melisa tuvo un sobresalto: la cara de desaliento de Donald que, mojado y tembloroso, la esperaba a pesar de la lluvia. Después se había dormido. Pero a la mañana siguiente, se levantó intranquila por el temor de que él no volviera a la plaza.

El martes, cuando lo vio, se acercó corriendo. Lo encontró muy ocupado; alrededor se le tendían un montón de manos con dinero y todos los chicos pedían al mismo tiempo.

–Hola –gritó.

Donald le dedicó una mirada muy rápida. Melisa pensó que él también había dicho hola pero que no lo había oído.

–El jueves no vine porque llovió –volvió a gritar. Donald estaba discutiendo con un chico que decía que le había dado la plata y reclamaba su helado. Ni siquiera la miró.

–Llovió. No puedo salir cuando llueve –insistió ella en un tono mucho menos eufórico. Ahora él la miró sin hablarle durante un tiempo más largo. Luego meneó la cabeza y siguió trabajando.

Ella no supo qué decir. Se alejó unos pasos y permaneció mirando al grupo confundida. La imagen nocturna del jueves había vuelto con penosa nitidez. De golpe, se le ocurrió una solución: la Habanera. Apenas empezó a moverse, oyó a Donald que decía:

–Por favor, sólo los que tienen el cambio justo.

Entonces sonrió, sacudió los hombros con mayor violencia y amplió el círculo que describían sus caderas. Muy pronto, los chicos empezaron a quejarse de que Donald confundía los helados. Satisfecha, Melisa se esmeró todavía más. Quería que él dejara de vender, como la otra vez. Sin embargo, llegó a agitarse sin que Donald diera alguna señal de interrumpir el trabajo. Probó volteretas veloces, se abrió de piernas todo lo que pudo y arqueó la espalda hasta apoyar las manos en el suelo. Nada parecía suficiente para que él se decidiera. Su última carta, los pasos recién aprendidos, los más difíciles, la dejaron jadeante, con las mejillas rojas y pequeñas gotas de sudor distribuidas en la frente. De haber sabido qué otra cosa hacer, no hubiera abandonado. Pero no sabía. Comenzaba a alejarse cuando Donald anunció en voz muy alta que se le habían terminado los helados. Oírlo la reanimó. Volvió y se sentó en el piso. Los chicos se estaban dispersando y él pasaba el dinero del bolsillo a la billetera.

–Yo quería venir... –dijo.

Donald contaba la plata con mucha atención. No le respondió.

–Lo que pasa es que cuando llueve, no voy a la academia. –Él asintió con la cabeza.

–¿Querés que baile?

–Ya bailaste. Buena función, hoy.

–Si querés bailo de nuevo.

El hombre miró su reloj pulsera.

–Bueno, pero soltate el pelo.

–¿Qué?

–Que te sueltes el pelo.

Melisa buscó la mirada del hombre y sólo encontró el hueco negro que se abría en la máscara. Se llevó las manos a la hebilla y se la sacó. Empezó a bailar pero estaba muy rígida. Amagó con detenerse.

–No –dijo él–, seguí hasta que yo te diga.

Un minuto después la interrumpió.

–Ya está bien –dijo–. No soy rencoroso. Te voy a llevar al teatro para que te vea bailar el director. ¿Vamos?

Melisa, cortada, emitió una risita nerviosa y luego, muy seria, agachó la cabeza y se puso a remover las piedritas del piso con la punta de una zapatilla.

–Yo, si quiero, puedo hacer que él te dé un papel.

Ella le echó una mirada veloz y, con la cabeza gacha de nuevo, alzó los hombros.

–¿Y eso qué quiere decir? –dijo Donald.

Melisa no contestó.

–¿Qué? ¿Tenés miedo?

Ahora, los ojos de Melisa se esforzaban por vencer la neutralidad de la máscara. Donald la miraba tan pendiente, que ella intuyó la importancia de lo que iba a responder.

—Yo no tengo miedo a nada.

—Eso está muy bien —dijo amistoso Donald—. Los que tienen miedo no llegan a ninguna parte. Yo tengo un amigo que toca muy bien el violín y vive lamentándose porque nunca tuvo una oportunidad para hacerse famoso. Pero es mentira, lo que pasa es que cuando tuvo la oportunidad no se animó. ¿Vos no conocés gente así?

Melisa pensó unos segundos.

—Sí, mi tía —exclamó asombrada—. Escribe versos y nunca se los muestra a nadie. Se enojó una vez que yo quise leer uno.

—Viste que tengo razón.

—Sí —reconoció ella en voz baja.

—¿Y entonces?

—Es muy tarde.

—Qué lástima, el jueves es el último día que me toca esta zona. ¿Querés un helado?

—Dijiste que no tenías más.

El hombre abrió la caja, sacó el helado y se lo dio. Melisa tardó en desenvoverlo. Pensativa, lo recorría con la lengua despacio. Donald siguió en silencio cada movimiento hasta que, como obedeciendo a un impulso, dijo:

—Tenés que venir.

Las palabras le salieron lentas y graves; pero súbitamente y con su mejor voz de pato, agregó: —Es una buena oportunidad. Y es cerca.

Melisa sonrió apenas.

—Capaz que voy —dijo—, el jueves.

—¿Capaz o seguro? —insistió el pato.

—Pero tiene que ser temprano.

—¿A las cuatro y media?

—Bueno —repondió Melisa.

A esa hora los chicos todavía estaban en la escuela y la gente no había salido del trabajo. En la plaza vacía, bajo la araucaria, Donald caminaba en círculos con aire de impaciencia. Melisa lo vio de lejos. El día anterior había estado con su tía y le había preguntado por los versos. «¿Son malos?», le había dicho. «No, son muy buenos.» «¿Y por qué no sos famosa?» «Porque soy una tonta», había respondido la tía. Pero ella no era ninguna tonta: no bien cruzó a la plaza se quitó la hebilla, sacudió el pelo con coquetería y agitó un brazo para que Donald la viera. Él le respondió moviendo la mano de un modo casi imperceptible. Ella aceleró el paso. Metros antes de llegar ya le mostraba una sonrisa ancha.

–Viste que vine.

–Claro, sos una chica inteligente –dijo él–. Pero vamos, le pedí al director que fuera antes al teatro y no conviene hacerlo esperar.

–¿Y vas a ir vestido así?

–Ahora me cambio en la camioneta.

–¿Camioneta? –Melisa se puso seria.

–Sí, ésa blanca.

Ella miró en la dirección que Donald le señalaba. La camioneta le recordó una ambulancia.

–Me habías dicho que era cerca.

–En la camioneta es cerca. Yo voy primero y me cambio; cuando arranque el motor vas vos.

Por la diagonal de la plaza se acercaban dos mujeres. Donald abrió la caja y removió entre los helados como si buscara uno en especial que Melisa le hubiese pedido.

–¿Te conoce mucha gente por acá? –preguntó muy bajo y sin levantar la vista de los helados.

–Más o menos, ¿por qué? –contestó ella también a media voz.

Las mujeres pasaron sin prestarles atención. Donald sacó un helado y se lo ofreció.

–Tomátelo mientras me cambio –le dijo–. Y no vayas a hablar con nadie.

Ella no se movió. Lo miraba como si la máscara contuviera un mensaje que no pudiese descifrar.

–¿Qué pasa? –dijo él–. Si te ponés a hablar con alguien y nos retrasamos el director va a estar de mal humor. –Melisa se tomó unos segundos antes de responder.

–¿Le gustará cómo bailo?

–Seguro, a mí me gustó cuando hiciste el puente el otro día.

–Ah, el puente... –Tendió los brazos hacia atrás.

–No, no hagas eso –dijo él demasiado tarde: ella ya apoyaba las manos en el piso. El cuerpo arqueado descubría el relieve suave que empezaba a redondearlo. Donald dejó caer el helado en la caja. Miraba fugazmente a un lado y a otro, pero postergaba cualquier comentario.

–¿Y? ¿Cómo me salió? –preguntó ella desde abajo.

–Es un arco perfecto –dijo él adelantando un brazo.

Cuando las yemas de los dedos la rozaron, Melisa se incorporó tan rápido que tambaleó. Miró las manos de Donald. Los dedos se movían nerviosos como impedidos por un guante demasiado estrecho.

–Bárbaro, el papel va a ser tuyo. El protagónico. –Donald parecía encandilado, poseído por un ataque de fervor. Volvió a sacar el helado y se lo dio con tanta determinación que ella no pudo rechazarlo.

–Ya sabés, cuando arranque el motor –dijo alejándose.

Melisa permaneció mirando la camioneta después que Donald entró. Como si pudiera verlo, seguía en el tiempo cada operación que él hacía para cambiarse y, cuando creyó que había terminado, deseó intensamente que el motor se hubiera descompuesto y no arrancara. Se arrepintió en el acto: era el último día que a Donald le tocaba esa zona. Si por lo menos le hubiese preguntado qué hacía él en la comedia sabría si era joven o...

El motor arrancó y se abrió la puerta del lado del acompañante. Melisa tragó saliva. No era cuestión de que ahora le agarrara el miedo y le pasara como a su tía. Se dijo que no había motivo, que si el director se entusiasmaba tanto como Donald el papel ya era suyo. Casi había conseguido apartar las dudas cuando él apretó el acelerador. El rugido breve pareció reservarse una violencia mucho mayor. Melisa volvió a dudar. No quería tener miedo pero tenía miedo. Trataba de pensar en la comedia musical y no podía: ahora el motor no paraba de llamarla. Donald debía estar furioso. Algo tenía que hacer.

Sin saber por qué empezó a bailar. Un muchacho que pasaba se fijó en ella. El motor hizo un rugido más apremiante y Donald apareció en el hueco de la puerta. El muchacho se detuvo y las miradas se cruzaron. A Donald se le congeló la expresión. Sin decir nada, dio un portazo, aceleró a fondo y partió haciendo chirriar las gomas. Melisa, confundida, dejó de bailar. Luego corrió hasta el borde de la calle. La camioneta había desaparecido. Recordó los versos de su tía y miró alrededor como pidiendo ayuda.

–¿Qué pasa? ¿Quién era? –le preguntó el muchacho.

Ella necesitó un segundo para darse cuenta de que no sabía.

–No sé. No lo conozco –dijo.

Lo dijo casi llorando.

UNA MELODÍA QUE
CREÍA NO RECORDAR

CUANDO OYÓ CANTAR A LA MUJER, un trazo torpe le arruinó la caligrafía. Alzó bruscamente la cabeza y, temiendo lo peor, apagó la lámpara del escritorio. Y él que creía que ese era un lugar seguro. Se dio vuelta con aprensión y vio la luz amarilla que entraba desde afuera. Era inconcebible: el ventanal de enfrente, gemelo del suyo en el otro cuerpo del edificio, estaba abierto e iluminado. ¿Quién que no fuera él querría vivir en un lugar así, último piso por escalera, sobre una calle casi siempre inundada y muy lejos de cualquier medio de transporte? En puntas de pie, fue a investigar. Apenas había asomado un ojo cuando se apartó: la vecina, una rubia joven, cantaba en bombacha y corpiño. Hundió la cara entre las manos: si cerraba el ventanal el calor lo mataría. Era verano y en el último piso, bajo la losa recalentada por el sol, parecía respirarse el propio aliento. Él también estaba en calzoncillos. Se sentó a analizar la situación. La vecina no parecía agobiada por la temperatura, la canción insistía en «la felicidad» y ella cantaba muy fuerte, recomenzando con mayor entusiasmo cada vez que prometía terminar. Estaba contenta. Qué hacer. Miró el ventanal, que nunca le había parecido tan grande, y sólo atinó a pensar que el pozo de aire que lo separaba del de ella era ridículamente angosto: apenas dos metros y medio.

La solución se le reveló de golpe con tanta violencia que se puso de pie. La iba a enmudecer; cuando ella lo viera en calzoncillos se le iba a atragantar «la felicidad». Caminó resuelto hasta la puerta de entrada y, de espaldas al ventanal, encendió la luz. Esperaba oír las persianas de enfrente cerrarse con estrépito, pero los segundos pasaban y ella seguía cantando. Se sintió vulnerable, cada vez más desnudo. Estuvo por apagar la luz pero, a último momento, desvió el brazo e inició un bostezo fingiendo desperezarse. El gemido largo y penoso que le salió no perturbó a la vecina. Ni una vacilación en la voz. Miró de reojo y la vio como abstraída en la ropa que extendía sobre la cama. Desconfió, se acercó con sigilo al ventanal y lo recorrió de punta a punta con estudiada soltura. Dos veces. Luego carraspeó. Se sonó la nariz. Era inútil: ella no lo miraba. En cambio él la miraba a cada momento. Le miraba la bombacha: muy de su gusto, blanca, puro algodón, a la cintura y con puntillas. Era la bombacha lo que lo atraía. Tomó el texto que había estado traduciendo y, simulando leer, comenzó a caminar en círculos en el centro de la habitación, debajo de la lamparita. Una última mirada fugaz y la vio agachada metiendo la sábana debajo del colchón. La bombacha le quedaba chica. Muy chica. Balanceó la cabeza ruborizado y empezó realmente a leer.

–Buenas noches.

La miró incrédulo, incapaz de devolverle el saludo. Sentada en la cama (de bronce, de dos plazas) la vecina le sonreía amablemente.

–Perdone, ¿lo molesto? –dijo ella como si temiera ser inoportuna.

–No, es que... –pensaba que él nunca hubiera elegido una cama tan ostentosa ni la hubiese ubicado así, justo en la boca del escenario–. Es que... usted canta.

–¿Qué otra cosa puede hacer una mujer implume a estas alturas? –dijo ella y ensayó un *tremolo* breve y agudo.

—Es que usted debe comprender —dijo entrecortadamente—, para mí la tranquilidad es fundamental. Soy traductor de arameo, es un trabajo que exige mucha concentración.

—Y yo si no canto me muero —contestó la vecina con naturalidad, y remarcando cada sílaba, repitió—: Me-mue-ro.

Él vaciló, no encontraba un argumento de mayor peso para oponerle.

—Pero... el canto le gusta ¿no? —siguió ella como alarmada de encontrarse ante un probable monstruo.

Él advirtió el peligro, pero no quiso mentir.

—Sólo el gregoriano, un poco —respondió sin convicción.

La vecina pareció tranquilizarse, parecía buscar en su memoria.

—No, no recuerdo —dijo—. A ver, cánteme un poquito. —Se inclinó muy seria hacia adelante, dispuesta a escucharlo—. Déle, empiece.

—No, de ninguna manera —dijo él y tosió—. Lo que quería decirle es... —no lograba ordenar las palabras y ahora ella no lo esperó, afirmó las dos manos sobre el colchón, volcó la cabeza hacia atrás, y arqueando la espalda lo apuntó con sus grandes pechos. Estuvo así más de un minuto.

Luego, parsimoniosa, recuperó la posición inicial y lo miró ausente, parpadeando como si saliera de trance. Parecía no recordar de qué estaban hablando.

—¿Va a cantar o no va a cantar? —dijo por fin.

Sonriendo a duras penas, enrojecido y con un débil reproche en la mirada, él se demoraba en responder.

—Bah —exclamó ella con el tono de quien dice algo definitivo—, usted no me interesa. —Se paró, y dándole la espalda, continuó haciendo la cama.

A él la sonrisa se le fue deshaciendo y quedó con la boca abierta y la mandíbula colgando. Luego, un poco por despecho y otro poco obligado por la indiferencia de la vecina, volvió a la mesa de trabajo. Se sentó y se volvió a parar. No podía estarse quieto, a cada segundo miraba el ventanal.

Cuando ella reinició el canto, él, con un largo suspiro, se dejó caer en la silla resignado a escucharla. La canción le seguía pareciendo horrible, pero la vecina era bastante afinada. Y debía reconocer que no tenía fea voz. Claro, alguien tendría que orientarle el gusto y enseñarle a evitar la crispación en los agudos. Estaba pensando en San Francisco Solano, que había rendido a los salvajes con su violín, cuando le brotó una melodía gregoriana que creía no recordar. Lo tomó por sorpresa y la reprimió asustado, igual que a un estornudo.

–Oiga –dijo ella. Él caminó hacia el ventanal como si alguien lo empujara de atrás–. ¿Cuándo piensa bajar a la calle?

–El sábado –contestó muy seco. Ella no se conformó y lo siguió mirando interrogante

–Bajo sólo los sábados para hacer las compras, tengo una mochila –agregó él con desgano.

–Lo envidio, usted sí que es un hombre inteligente. Yo hoy trajiné por las escaleras como mil veces y ahora que me puse cómoda veo que no tengo papel barrilete.

–¿Papel barrilete? –preguntó con curiosidad.

–Claro.

Él quiso disimular su desconcierto.

–No tengo –dijo–, pero si quiere puedo bajar a comprar.

–No, por favor, cómo va a bajar en día martes.

–Tiene razón –se apuró a decir, reprochándose tanta complacencia–. Tengo papel manteca, si quiere.

Ella puso cara de preocupación y quedó pensativa un instante.

–No es lo mismo, pero en fin...

–El problema es cómo se lo alcanzo –se entusiasmó él–, si se lo tiro se va a volar.

–Espere, todo tiene solución –dijo ella y se dio vuelta buscando algo en el piso. Luego se agachó y los ojos de él se prendieron a la bombacha. Ella se enderezó con algo en la mano.

–Tome, póngalo adentro y me lo tira –dijo la vecina y disparó. Él agitó los brazos inútilmente, porque el zapato le rebotó en el pecho y casi sale por el ventanal. Lo levantó rápido y fue a la cocina. Era un hermoso zapato. Lo miró bien haciéndolo girar despacio a la altura de los ojos y le impresionaron la armonía de sus curvas agudas y la esbeltez del taco, la intensidad del negro y el brillo lujoso que desprendía. Con algún recelo, se lo acercó a la nariz y aspiró profundamente. Un embotamiento tibio le distendió el cuerpo y la melodía gregoriana comenzó a rondarlo de nuevo. Hubiera deseado prolongar ese momento, pero ella esperaba. Plegó el papel y lo acomodó adentro. Luego volvió al ventanal y lo arrojó. La vecina lo abarajó en el aire.

–Gracias, no sabe de qué apuro me ha sacado –dijo ella radiante. Y mimando el papel contra su pecho se fue cantando a su cocina.

Él la siguió con la mirada, que quedó vacía cuando desapareció. Se tendió en la cama y tomó un libro. Lo dejó. Luego se propuso traducir, pero las palabras precisas no acudían: ahora la melodía gregoriana le ocupaba todo el cerebro. Sin poder evitarlo empezó a entonarla a media voz.

–¡Venga! –la oyó gritar con urgencia catastrófica. Él calló, y pensando que ella le iba a pedir que cantara, fue corriendo–. ¿Usted duerme con el ventanal abierto?

La expresión ansiosa y expectante de la mujer lo descolocó.

–Sí –dijo con temor–, estamos en verano.

–Cómo puede ser, qué barbaridad –se indignó ella.

–Con la habitación cerrada me deshidrataría enseguida –dijo él disculpándose–, sería fatal. Yo no pienso molestarla.

–No se trata de eso. Usted no podría molestarme, tengo el sueño pesadísimo –respondió ella todavía alterada–. Es que duermo desnuda, ¿sabe?

La imaginó tendida en la penumbra lunar de un cuadro de Rubens y se estremeció. –Yo no la miraría... es decir, no me permitiría mirarla.

–Puede mirarme, si quiere. –Ella hizo un gesto de fastidio–. Se trata de otra cosa.

Él estaba perplejo.

–Vamos, no se haga el ingenuo.

Se esforzaba por comprender pero la vecina se mostraba muy parca. –Si usted me dijera, yo le juro... quiero decir, le encontraríamos solución –casi le rogó.

Ella se irguió muy derecha, como dispuesta a enfrentarlo.

–Es obvio –dijo–, usted va a aprovechar para tirarme cosas mientras duermo, monedas, migas de pan... y eso tendría consecuencias que bueno... usted sabe.

–Pero no tiene derecho –se exaltó él–, soy un caballero –y se quedó mirándola fijo con aire ofendido. Ella le sostuvo la vista como evaluándolo. Parecía indecisa.

–Está bien, le voy a creer –dijo–, voy a prepararme para dormir. Buenas noches. –Dio media vuelta y entró cantando al cuarto de baño.

Él, con la luz apagada, se tendió en la cama boca arriba. Poco después oyó la puerta del baño que se abría, oyó el canto que se volvía íntimo y disminuía para terminar, y oyó el crujido del colchón cuando ella se acostó. En seguida, por un súbito oscurecimiento del ventanal, supo que había apagado la luz. Permaneció atento unos minutos: el silencio era total. ¿Ya se habría dormido? Se dio vuelta hacia un costado y luego hacia el otro, pero donde ponía los ojos veía mujeres de Rubens durmiendo desnudas. Era noche de luna llena y el ventanal proyectaba una larga franja de luz. Desvelado, vio cómo la franja se acortaba hasta desaparecer. Entonces, la imaginó creciendo en la habitación de enfrente, imaginó que se estiraba hasta la cama, y trepaba, y la cubría. No debía mirar. Pero ella le había dicho que podía mirarla. ¿Qué tenía de malo si miraba un segundo y volvía a acostarse? Esperó un rato agazapado en la cama, después se levantó y sigilosamente fue hasta el ventanal. Una suave claridad iluminaba a la vecina; dormía boca abajo, con el pelo suelto sobre la sábana y las grandes nalgas libres acaparando la luz. La contempló absorto, como detenido él también en la serenidad del cuadro. Luego, mientras se mordía el labio inferior, sintió que algo oculto, ignorado, pero que reconocía como suyo, se le iba desplegando adentro. Se sintió joven y audaz. Vio la bombacha que languidecía en el respaldar de la cama y sonrió indulgente. Migas de pan, monedas... recordó con la sonrisa más ancha. Fue hasta el placard y vació los bolsillos. No, las amarillas no, tenían que ser plateadas.

Tiró una y contuvo el aliento. La vecina no se inmutó. Tiró otra, y luego otra más. Ella seguía imperturbable. Entonces, con enorme regocijo, le fue agregando brillos. La miraba y parpadeaba a cada destello. Casi devotamente, despidió la última moneda con un beso. Miró sus manos vacías y la miró a ella. No se resignaba. Se sentía dueño de un vigor formidable y su determinación era absoluta. Se encaramó al ventanal y tomó impulso. ¿Qué son dos metros y medio?, pensó.

UNA MALA NOCHE

SE TAPÓ LA CABEZA con la almohada para no oírlo. Eva ya tendría que haberse levantado. Si no fuera tan resbaladizo, iba y lo alzaba él. Pero no podía. Sentía que se le escurría entre los brazos como gelatina. Era horrible. Apretó los ojos para apartar la imagen y trató de relajarse. Julito. Que no llorara más. Y encima el calor. En cualquier momento se desataba el temporal. Sacó la cabeza de debajo de la almohada y respiró hondo. Le faltaba el aire. Eva decía que había que dejarlo llorar, que eran mañas. Pero había que aguantarlo. Prestó atención. Lo escuchaba llorar monótono, sobre una sola larguísima nota, cuando oyó al mosquito.

Apenas lo descubrió, el zumbido creció vertiginosamente y se le vino encima, le pasó a ras de la cara y se alejó. Él se puso rígido, maldijo en voz muy baja y se tapó con la sábana hasta el cuello. Por unos segundos estuvo inmóvil, casi sin respirar; forzaba el oído y con los ojos bien abiertos trataba de penetrar la oscuridad. Estaba empapado. Se secó el cuello y el pecho con el borde de la sábana pero el sudor seguía brotándole. No soportaba la sábana. Si el llanto le dejara oír el zumbido se destaparía un poco. Eva no podía seguir olvidándose de las tabletas *fuyí*. Dos días seguidos. Antes no se olvidaba nunca. Pobre Eva, estaba tan agotada que se olvidaba de todo, no dormía: Julito no le daba tregua.

Sintió que se le posaba sobre la frente' y se contrajo con violencia. La cama se sacudió. Eva resopló molesta, se dio vuelta para el otro lado y se relajó de nuevo. Cómo podía estar tan tranquila con el chico afónico de berrear. A Julito le pasaba algo.

—Eva, qué le pasa a ese chico.

La mujer murmuró dos o tres palabras inconexas y abrazó la almohada.

—Le debe doler algo —insistió él.

Ella apenas movió los labios para responderle:

—Nada le pasa, ¿no sabés distinguir el llanto vos?

Julito, al oír la voz de Eva, recobró fuerzas y elevó el volumen. No, él no sabía distinguir. Llora de hambre, llora porque tiene gases, llora porque quiere que lo alcen. Qué diferencia había. Lloraba siempre. Pero Eva confiaba demasiado en su oído. Eso. Por ahí le dolía un oído.

—Otitis —dijo.

Ella no le contestó y Julito ahora lloraba rabioso.

Trató de mantener la serenidad. Por un rato oyó al mosquito que volaba lejos. De pronto dejó de oírlo. Hizo un movimiento brusco por si se le había posado encima y extremó la atención. Nada. Se habría alejado o estaría sobre la pared. El olor agrio del sudor le repugnó. Apartó un poco la sábana y se puso de costado. Eva dormía descubierta, sin camisón. Le acarició un muslo: era suave y fresco. Volvió a acariciarlo. Luego subió la mano. La cadera. Ella le tomó la muñeca y le sacó la mano.

—Eva...

—No tengo ganas —dijo ella.

Volvió a ponerse boca arriba. Al menos antes, en la cama mandaba él. Lo que pasaba era que a partir de Julito... Por qué diablos no pararía de llorar. Eva tendría que levantarse y llevárselo afuera. A él que lo dejaran en paz. Deseaba un silencio denso, material, impermeable al llanto y a los zumbidos. Y decían que Julito se le parecía. Él, de chico –le había dicho su mamá–, no molestaba. No berreaba ni le mordía el pezón a la madre como Julito. Pero Eva no se ponía acíbar. Cómo ella le iba a hacer semejante cosa al nene. En cambio a él no lo dejaba ni acercarse: los pezones lastimados se le ponían repentinamente sensibles. Hizo una sonrisa triste: el acíbar era para él. Justo ahora que se le habían puesto grandes y duras como le gustaban. Mérito de Julito, decía ella. Tenía ganas de acariciarlas, tan blancas. No se las iba a contaminar. Extendió una mano pero no se atrevió. La apoyó en la entrepierna. Empezaba a excitarse. No soportaba estar cubierto. Si al menos empezara a llover y refrescara. Cuando se destapó la tenía endurecida como nunca. Algo tenía que hacer. Casi cede y se levanta al baño. Pero no. Se quedó quieto, las manos cruzadas sobre el pecho. Si se desahogaba solo, iba a sentirse muy desgraciado.

Ya ni se acordaba del mosquito. Vino de golpe y le zumbó en la puerta del oído como si fuera a meterse adentro. Fue una descarga eléctrica; sin saber cómo, apareció sentado en la cama, jadeando de agitación. Eva volvió a acomodarse y balbuceó algo inentendible. No aguantaba más. Se puso una mano delante de la boca: tenía un aliento que quemaba. Ahora, con eso que le hervía adentro, mejor que se olvidara de dormir.

–No voy a poder pegar un ojo –dijo. Ella siguió inmóvil.

Era inútil. Pensó en darse una ducha. No. Tenía que dormir, si no mañana en la oficina iba a estar como un zombie. Se tendió de nuevo. Julito había vuelto al llanto monótono del principio. *Las mujeres pierden el deseo durante la lactancia*. Ella quería hacerle tragar ese embuste. Entonces podría destetarlo, ¿no? Demasiado bueno era él que no se mandaba a mudar. Cualquier mujer pondría el cuerpo con tal de que el marido no se buscara otra. Pero ni de eso lo consideraba capaz. Debía creer que era un estúpido. Y lo tenía con ella para que los mantuviera nomás. Dentro de cinco años iba a seguir haciéndose chupar por Julito. Seguro que lo dejaba llorar a propósito, para que él no se motivara y le pidiera. Iba a ser un maricón Julito. Ya pintaba para maricón. Cuidado con el sol, cuidado con las corrientes de aire. Siempre abrigado, el tesoro.

—Eva —la sacudió por el hombro—. Eva, ese chico debe llorar de calor, ¿no estará muy abrigado?

Ella no abrió los ojos, movió apenas los labios.

—A la madrugada refresca. ¿Qué querés? ¿Que se enferme?

Lo decía como defendiéndolo de él. Qué tenía en la cabeza. Si él lo quería al nene. Julito se podía enfermar porque sí, como cualquier chico. ¿O teniéndola a ella encima las veinticuatro horas se volvía invulnerable? A ver si se desengañaba de golpe. Julito enfermo y ella mirándolo con cara de no entender. Enfermo, con una fiebre que vuela. Suerte que él va y llama al médico. Parece que es grave, les aconseja internarlo. Eva desconfía del médico. Tres días tarda en convencerse. En la misma sala hay... No. Julito está en habitación individual. Él consigue una habitación con cama para acompañante. Ni un minuto lo dejan solo, se turnan, hacen todo lo que les dicen. Pero es inútil. No hay más que verlo, ni fuerza para chupar tiene. Eva está desesperada y llora todo el día, ya no puede cuidarlo. Ahora es él quien se ocupa. Habla muy claramente con el médico. Queda destrozado pero tiene que sostener a Eva. Cuando le asegura que Julito se va a sanar, siente un desgarrón. Ella le cree y lo abraza muy fuerte. Él la acaricia, de nuevo hay ternura entre ellos. Pero no le sirve, siente ganas de llorar, de confiarle a alguien que Julito no tiene salvación y de pedir que lo ayuden. Sin embargo resiste. Recién cuando se produce el desenlace, llora. Lloran juntos y, como una catarata, él se desahoga contando todo lo que tuvo que callar. Ahora es Eva quien lo consuela, le seca las lágrimas, le hunde los dedos en el pelo y tomándole la cara entre las manos la cubre de besos hasta que sus labios se juntan y...

Sintió un pinchazo agudo. La palmada en el cuello sonó simultánea con el zumbido que se escapaba. Prendió el velador. Julito, que ya sólo gemía, se lanzó a llorar con la mayor potencia. Eva murmuró un insulto y se reacomodó en la cama. Él la miró como a alguien que se ha vuelto extraño, que no puede ser de ese modo. Se levantó con cautela. Si ella abría los ojos le diría que iba a atender a Julito. Y si tenía que alzarlo lo alzaba. Despacio, mirando minuciosamente alrededor llegó hasta la cuna. Julito, al verlo, pasó sin transición del llanto a una sonrisa triunfal, satisfecha. Entonces lo vio, estaba posado sobre la mejilla del chico. Respiró muy hondo, retuvo el aire y elevó bien alto la mano. Tenía que matarlo.

EL NUEVO

HOY, POR FIN, se llevaron al «nuevo» de vuelta a su provincia. Fue un alivio, nos costaba mucho seguir viéndolo deambular por el pensionado. Acá hemos aceptado muchachos medio lerdos, débiles, hasta «nenes de mamá», pero todos se hicieron hombres y encontraron la manera de hacerse cómplices de nosotros, los veteranos. Bah, todos no. Algunos, como Sergio, terminaron muy contentos lavándole la ropa a otro, pero no creo que haya sido culpa nuestra: algo de eso ya traían cuando vinieron. Quiero decir que, tarde o temprano, cada uno encontró su lugar. Todos, menos el «nuevo». Él era, lo que se dice, un caso perdido. Había llegado un poco antes de que comenzaran las clases en la Universidad, un día de abril. Faltaban unos minutos para la cena. Yo acababa de entrar en el comedor y me había sentado solo porque las mesas ocupadas estaban completas. Estaba esperando que viniera algún otro a sentarse conmigo cuando él apareció en la puerta y se quedó parado. No sé, esperaría que alguien fuera a recibirlo. Pero los muchachos recién se encontraban después de las vacaciones y la charla era muy animada. No le prestaron atención. Lo miré para que se acercara y él, al notarlo, tuvo un leve sobresalto. Eso hizo que lo mirara mejor. Tenía la piel blanca, demasiado blanca y lustrosa, el pelo desgreñado y un reloj de oro en la muñeca. Vacilaba. Vaciló más de lo normal. Luego, como quien no tiene otra salida, caminó inseguro hasta mi mesa. No me saludó. Se sentó frente a mí sin arrimar la silla y empezó a estudiar el ambiente, o a fingir estudiarlo, con una de esas miradas inquietas que siempre están rebotando sobre las personas. Se notaba que quería dar la imagen de que estaba a gusto. Los que entraban, al verlo, me preguntaban juntando hacia arriba los dedos de una mano, y como yo les respondía con un gesto de desconcierto, terminaban yéndose a otra mesa. Así que, para entretenerme, me propuse obligarlo a saludar y le clavé los ojos. Buscó algo en el piso, recorrió las paredes y el cielo raso, hasta que por fin se detuvo en mí. Pero no se decidía a hablar. Se mordía los labios y con los dedos de una mano tamborileaba sobre la mesa. Yo no aflojaba la exigencia. Entonces me sorprendió: sin dejar de mirarme, se sorbió los mocos con mucho ruido. Tuve que desviar la vista. Un instante, nada más que un instante, y su mirada se me escapó. Quedó fija en la punta de una zapatilla con la que hacía dibujos en el aire. Pero no pudo resistir mucho. Antes de tres segundos estaba espiándome de reojo. Lo descubrí y se puso colorado. De puro curioso, consentí en hablar primero:

–¿A qué cuarto vas?

Él se encogió de hombros.

–¿No sabés? –insistí.

–No conozco a nadie –dijo con la voz afónica, como destemplada por falta de uso.

–¿Y a quién esperabas encontrar?

De nuevo se encogió de hombros. Yo torcí la boca hacia un costado y esperé por si decía algo más.

–Lo que más me gusta de vos es la conversación –dije.

Él, por lo visto, tenía el tic de levantar los hombros.

–¿No te importa?

–A mí no me importa nada –me contestó en un tono extrañamente terminante, como si mis preguntas lo impacientaran y tuviera apuro por cortar la charla.

–Empezamos mal –le contesté–. Muy mal.

Entonces sí que me miró, pero ahora yo no iba a facilitarle las cosas. Esas no son maneras de un recién llegado para con un veterano. Me limité a esperar que dijera lo que tenía que decir.

Pareció que se le cuarteaba la cara, se le descascaraba y surgía la verdadera expresión, de susto. Abrió los ojos muy grandes y los labios tropezaron en el apuro por hablarme. Pero, de nuevo, no se decidía. Me cansé de él, giré la silla y me puse a conversar con el Topo Sanz y los de la mesa de atrás. Recién cuando sirvieron la sopa volví a mirarlo: se estaba escarbando la nariz y tenía medio dedo dentro. Pensé que ya era bastante. Tomé mi plato y me cambié a la mesa de los pampeanos que acababan de entrar. No es que sea delicado, pero una cosa es decir asquerosidades que les cierren el estómago a los demás (y comerse lo que dejan) y otra muy distinta es hacerlas y mostrarlas. Enseguida, los pampeanos también empezaron a observar al «nuevo». Él ya no levantó los ojos del plato, terminó rápido la sopa y se fue del comedor. No le dimos demasiada importancia, cada tanto caen tipos así. Son los que nunca antes se alejaron de la familia.

Mucho más tarde, el «nuevo» apareció en el baño, avanzó tres pasos de la puerta y se detuvo de golpe. Lo debió haber impresionado el espectáculo. Seguro que había pensado que nuestro Colegio Mayor Universitario San Pio X, con semejante nombre, era una especie de hotel piadoso, disciplinado y protector. Digo seguro, porque ésa es la idea que uno trae de la provincia (y que pierde aquí, con gran alegría, cuando se encuentra con una vulgar pensión). Éramos cinco o seis los que estábamos en el baño, repartidos entre las duchas y los inodoros que están enfrentados sin ninguna división. Dejamos de charlar para mirarlo. Él permanecía parado como si no recordara qué había ido a hacer allí. Al final, el Vasco Etchegoyen, enjabonándose ostentosamente entre las piernas, entornó los ojos y le mandó un sonoro beso a distancia. El «nuevo» se ruborizó, dio media vuelta y salió simulando haber entrado por error. «¿Quién es?», preguntó Etchegoyen. Y el único que pudo aportar algo fui yo, que no sabía casi nada.

No se dejó ver hasta la noche siguiente durante la cena. Llegó último y se sentó lo más apartado que pudo. Entre plato y plato, con aire distraído y como si todo el mundo le resultara indiferente, se escarbó la nariz. Si lo que pretendía era que lo dejáramos tranquilo, eligió el modo menos eficaz. Esa misma madrugada le hicimos una visita.

Saltó de la cucheta no bien entreabrimos la puerta, y cuando prendimos la luz, estaba jadeando en un rincón. «Parate en el medio», le dije, «te vamos a hacer unas preguntas de las que depende tu futuro.» Él se apretó contra la pared como para traspasarla. Negaba con la cabeza. Yo arrugué la frente y el silencio que mantuvimos fue más convincente que cualquier amenaza. Obedeció. Primero fueron los datos personales: tenía diecisiete años, era entrerriano, de Diamante, y venía a estudiar psicología. Si no lo hubiera dicho, yo igual lo habría adivinado, todos estos gusanos estudian psicología; he llegado a la conclusión de que la vocación por la psicología no es más que la inútil esperanza de volverse normal. Después le hicimos el «test de virilidad». Tuvo que agacharse a levantar un peine colocado en el piso delante de los pies, atajar una pelota disparada al mediocuerpo, y mirarse un talón. Separó virilmente las rodillas para levantar el peine y atajar la pelota, pero se miró el talón igual que una señorita a la que se le hubiera quebrado el taco. Nosotros nos mostramos abatidos. Le dijimos que lo sentíamos mucho, que la verdadera manteada, la que determinaba qué lugar ocuparía en el grupo, dependía de este interrogatorio y que, la verdad, había estado lamentable: tenía 33% de maricón. Nos fuimos con las caras serias, como si lo lamentáramos de veras.

Parece que quedó afectado. Al otro día, los compañeros de pieza nos contaron que no bien dejamos el cuarto se había vuelto locuaz. Quería saber en qué consistía la manteada.

Uno le había dicho que, salvo por el porcentaje, no tenía que preocuparse. Él se deshizo en explicaciones y prometió comprar un poster de Úrsula Andress desnuda para agregar en la pared. Las paredes de los cuartos están tapadas con posters de mujeres y de equipos de fútbol. Había tenido suerte, tenía cuatro compañeros bastante mansos, tres puntanos y un mendocino. Hasta le aseguraron que esa noche no iba a pasar nada más, que podía dormir tranquilo. Pero no pudo.

Una cosa aprendí yo acá y es que, excluyendo una minúscula cuota de azar, las víctimas no existen. Si alguien se alborota cuando lo manosean, no es porque no le guste; y si alguno hace exhibición de miedo cuando el peligro se ha alejado es que, en el fondo, quiere que le hagan algo. Lo del «nuevo» no terminó allí porque él se ocupó de provocarnos continuamente. Lo primero que hizo fue irse a dormir en un banco de la plaza (según el Topo, que lo vio). Además supe –por doña Tula– que había estado en la administración. Doña Tula es la vieja atorranta que repasa los cuartos y, más que nada, lleva los chismes de uno a otro. Siempre está abriendo las puertas de improviso para vernos desnudos. Acá, más de uno se debe haber servido de doña Tula, aunque todos lo nieguen. No sé qué pudo haber dicho el «nuevo» (con la facilidad de palabra que tiene), al administrador. Y no me preocupó. El administrador no se anima a subir a los cuartos. Es parte del pacto: nosotros le pagamos y él no averigua, ni ve, ni oye nada. Lo que sí era inaceptable y merecía un castigo era que el «nuevo» se hubiese sublevado. Aparentemente, según Tula, pidió plata para irse. Ella soltó una risita de placer cuando me lo dijo. Todos sabemos que lo único que puede conseguirse del administrador son consejos, y eso siempre que no le perjudiquen el bolsillo. «También me preguntó por los veteranos» –agregó ella intrigante–. Yo me quedé mirándola; de cualquier manera iba a contarme todo. «Le dije que son bastante terribles, que algunos tienen un protegido para que les *haga los mandados*.» Y soltó otra risita.

Lo cierto es que el «nuevo», con el póster debajo del brazo, volvió a dormir en su pieza. Pero no de un modo normal. No. Se había hecho una copia de la llave del cuarto y siempre que estaba dentro se encerraba. ¿Qué pretendía conseguir con eso? ¿Pensaba que una puerta con llave podía pararnos? Qué estupidez. Los veteranos divulgamos que quien intentara resistirse a la manteada la iba a recibir doble. Y los demás, que vieron en el «nuevo» un modo fácil de ascender a veteranos, comenzaron a rondarlo para eso. Él siempre les preguntaba lo mismo: qué le íbamos a hacer. Al principio le dijeron la verdad: que no estaba permitido decirlo. Pero luego comenzaron a soltar algunos detalles. Nosotros lo toleramos porque el asunto se estaba poniendo divertido. Cada uno procuraba que su anécdota fuera más espectacular que las de los otros. El «nuevo» se creía todo. La medalla se la llevó Gurruchaga que le hizo sacar el póster: le dijo que Úrsula Andress tenía espalda de atleta, y que si a él le gustaba era síntoma de inclinación por los hombres. No sé si lo habrá creído, pero el póster lo sacó. Otros preferían cargar las tintas en las torturas que, según ellos, les habíamos hecho padecer. Es increíble, pero cuanto más atroz era lo que le contaban, más parecía interesarle. Siempre terminaban diciéndole «esta noche te inauguramos» o «esta noche te pasamos por las armas». Los muchachos estaban tan entusiasmados que, por el momento, decidimos no mantearlo.

El problema lo tuvieron los puntanos y el mendocino. Ya no podían convivir. El «nuevo» sufría de insomnio, se sobresaltaba con cualquier ruido y prendía la luz. No volvía a dormirse. Se levantaba y caminaba por la habitación controlando la puerta a cada rato. A veces escuchaba radio. Después dormía la mayor parte del día. Pero siempre que estaba despierto, se escarbaba la nariz y les preguntaba. Fue inútil que el mendocino intentara convencerlo de que la cosa no era tan grave. Él prefería creerles a los otros. Cuando, para que los dejara descansar, decidieron impedirle las siestas, fue peor: empezó con las pesadillas.

Con los días, a fuerza de no dormir, se fue poniendo medio zombie. Ya no tenía la mirada veloz de antes y había adelgazado. Los compañeros de cuarto también se veían cansados. Una vez el mendocino vino a pedirme que lo dejáramos en paz, que se iba a enfermar, y que ellos también. Le dije que si permitíamos al administrador admitir a esa clase de tipos estábamos perdidos, que aguantaran un poco más.

Un mediodía, seguro por distracción, el «nuevo» se sentó a una mesa de veteranos. Se hizo un silencio de muerte. Yo había decidido dormirlo de una piña no bien se llevara el dedo a la nariz. Pero no se atrevió. A la primera inspiración ruidosa, alguien le preguntó si no tenía pañuelo. Contestó que no. Le dijimos que estaba sumando puntos en contra para la manteada.

–¿Cuándo va a ser? –preguntó débilmente.

–Esta noche –dijo el Negro Ribas.

–¿Y cómo es? –balbuceó tan bajo que casi no se oyó.

–¡Cómo es! –amplificó el Negro–. ¡Tiene 33% de marica y pregunta cómo es!

–Vos andá preparado para lo peor –dijo el Lince–. Miralo a Sergio cómo quedó después de la manteada. Dale, Sergio, contale lo que te hicimos.

Sergio tiene modales suaves, es el protegido del Topo. Frunció la boca y puso los ojos en blanco indicando que prefería no acordarse. El «nuevo» lo miró como a un espejo.

–Le hicimos un enema con un tubo de dentífrico –puntualizó el Negro–. Un enema profundo.

Al «nuevo» se le espantaron los ojos. Quiso decir algo pero los labios no le obedecían.

–No te asustes que no es para tanto –le dijo Sergio que había captado la onda–. Lo del tubo es lo de menos. Ahora, la pasta sí, la pasta arde como un fuego.

–Pero eso... yo... no lo voy a permitir. –Las paredes temblaron con nuestras carcajadas. Repentinamente, el «nuevo» se levantó para irse.

—Eh, flaco, vení —le gritó el Lince—, ¿cómo la querés, con flúor o con clorofila?

Pero ya se había ido, directamente a la calle y sin comer. Creímos que le habíamos dado el golpe final. Sin embargo, volvió para cenar. Ni pensamos en mantearlo. Esa noche, más que nunca, era mejor dejarlo esperando.

Cada vez preguntaba menos y estaba más ensimismado. En poco tiempo, terminó zombie sin altibajos. La mirada de lenta pasó a hueca, y era un enigma para todos que pudiese caminar sin llevarse las cosas por delante. Le tocábamos el culo siempre que lo teníamos a mano, y nos reíamos en su cara porque, aunque se le sobresaltaban los ojos, no abría la boca ni perdía el paso. Pero era menos indiferente de lo que parecía. Yo, con frecuencia, sentía la molestia de una mirada que me atravesaba por la espalda y, al darme vuelta, siempre estaba él, como abstraído. Cuando lo comenté, supe que no era el único al que le había pasado.

Es muy duro quedarse en la pensión un sábado a la noche. Los que viven cerca se van a sus casas. Otros, los que consiguieron una viejita de entre treinta y cuarenta, pasan el fin de semana con ella y vuelven el lunes con la ropa limpia y planchada. Unos pocos tienen plata y van a bailar al Savoy. A los demás nos queda sentarnos, cruzados de brazos, a pensar lo bien que lo estaríamos pasando con los amigos, allá en la provincia. Entonces, hay que atajar los recuerdos y cualquier excusa es buena para sacarse la bronca antes de que se vuelva tristeza. El sábado pasado, el mendocino debía estar bastante atormentado para que aceptara participar en la manteada. Organizamos todo en la terraza: la manta, la harina, media docena de huevos, lo de siempre, e iniciamos la caravana desafinando una canción ritual, como la del Ku Klux Klan. Éramos unos veinte muchachos en calzoncillos los que nos agolpamos a la puerta del «nuevo». Sabíamos que estaba allí, pero se había encerrado con llave y tenía la luz apagada.

«Que abra, que abra», gritábamos. Di dos golpes brutales a la puerta.

—Eh, entrerriano, te damos un minuto.

Se hizo silencio. El segundero inició la cuenta regresiva en la muñeca del Topo. Me sorprendía tanta estupidez. Pretender aguarnos la fiesta. Cada obstáculo que nos pusiera iba a tener su contrapartida en la manteada. Se cumplió el minuto. Todos los puños empezaron a castigar la puerta. Era tan ordinaria que la madera se hundía a cada puñetazo. «Abrí, Fatiga, Surtidor de moco», gritábamos cada vez más exaltados. Pero el entrerriano no contestaba y los golpes ya desprendían astillas de la madera. Si había que tirar la puerta abajo la íbamos a tirar. Lo amenazamos:

—Abrí, marica, te vamos a reventar.

Nos seguía ignorando. Quién se creía que era.

Levanté los brazos y los demás se detuvieron. Retrocedimos un poco. «Ahora», dije y arremetimos. La puerta se desgajó y entró con nosotros en la habitación. Oí el disparo. El cuerpo del mendocino cayó flojo delante de mí y vi al «nuevo» iluminado apenas por la luz del pasillo. Tenía la cara blanca, lustrosa; y los ojos enormes parecían, por primera vez, incrédulos.

La clase de química

Dijo lo mismo que todos los años cuando llegaba a ese tema: «el último compuesto de la serie, además de oler horriblemente, inhibe las glándulas sexuales. Pero no se alarmen, no lo vamos a obtener en laboratorio». Sabía el efecto que estas palabras causaban: habría risitas reprimidas y algún distraído repentinamente interesado que preguntaba al compañero de banco de qué se estaban riendo. Siempre había sido así.

Esta vez, sin embargo, ocurrió algo extraño: no hubo risas que sofocar. Los muchachos lo miraban absortos, expectantes, como si una viga del techo estuviera a punto de caérsele encima. Quizá no había dicho lo que quería decir, quizá había dicho una tontería y ellos esperaban que con un golpe de ingenio la transformara en algo brillante. Él solía ser brillante. Pero esa mañana se había levantado con una ligera pesadez y estaba alicaído. De todos modos, tenía recursos de sobra para sortear cualquier obstáculo en la clase. Podía dictar el tema y simultáneamente mantener un canal abierto para observar a los alumnos. Esa era una buena idea, iba a estar atento.

Lo que más lo desconcertaba era que la expresión de asombro persistía. Controló si sus zapatos eran del mismo par y si tenía abrochada la bragueta. Ni pensar que los alumnos no le comprendieran, sus clases estaban muy perfeccionadas a fuerza de repetirlas. Iba a probar con otro chiste; hoy por hoy, hablar de sexo en clase no representaba ninguna audacia. Seguro que habían tomado su broma como una razonable medida de precaución. Sí, los tiempos habían cambiado y también el tipo de humor eficaz con la juventud. Cuando iba a empezar con el tema del agua recordó un chiste de efecto probado.

El agua –dijo– *es un anfolito: se comporta de una forma o su contraria según el medio en que se encuentra. Hay muchos otros anfolitos, especialmente entre los políticos, los curas y los profesores.* Sonrió apenas, como autorizando a los muchachos a hacer lo mismo. No obtuvo respuesta. Por un instante, incrédulo, se quedó callado. No podía ser, si todavía había en el barrio un exalumno suyo que conservaba el viejo apodo de «Anfolito Labardén».

Comenzó a impacientarse, una incomodidad casi física lo perturbaba, la expresión de las caras crecía en perplejidad y él no podía preguntarles por qué lo miraban tan atentos y, menos, por qué no festejaban sus bromas. Tampoco podía esperar que alguno se lo dijera. El primer día de clase les había advertido: «quien me interrumpa que lo haga para decir algo más interesante que lo que yo esté diciendo», y eso no era fácil. En general preguntaban pavadas y él, como escarmiento, terminaba destruyéndolos con su sarcasmo. Sólo el alumno del primer banco podía interrumpirlo impunemente porque lo que decía valía la pena, pero parecía empeñado en un enorme esfuerzo de concentración, como si la clase fuera de alguna ciencia abstrusa en lugar de química elemental. Y era su mejor alumno... Sintió cansancio, la misma pesadez de la mañana pero más agobiante. Contra su costumbre, se iba a sentar. Separó la silla del escritorio y, casi a la vez, dos o tres muchachos se despegaron de sus asientos y permanecieron en tensión, a medio pararse, hasta que se sentó. ¿Qué suponían que podía pasar?

Ahora escuchaba un murmullo; sin embargo, los alumnos tenían sus bocas cerradas; estaban serios y seguían pendientes de él. Se sentía confuso, aturdido. ¿Y si estaban actuando? ¿Se habría hecho *vox populi* que el viejo Bustos repite todos los años lo mismo, hasta los chistes? Claro. ¿Qué va a dar hoy? ¿Grupo seis? Oigan, cuando diga que el telururo de hidrógeno inhibe las glándulas sexuales no se ría nadie, a ver qué hace. Ingenuos, qué esperaban. Nada. El profesor Bustos no va a hacer nada. Tiene demasiados años y demasiado prestigio para admitir que unos chiquilines pretendan tomarle el pelo. Estaba desvariando. Si dejaba a su imaginación desbocarse quién sabe dónde iría a parar. Esas cosas les sucedían a otros. A él los alumnos lo querían. A ninguno le pasaría por la cabeza hacerle... Pero por tonto no quería pasar. Prefería el riesgo de ser injusto. Si estaban actuando iba a averiguarlo.

La inocente simplicidad del agua –dijo– *es pura apariencia, esconde un comportamiento anómalo que los químicos conocemos bien. Y hay OTRAS CONDUCTAS anómalas que también conocemos.* Remarcó esto último y los miró con sorna, buscando una expresión rendida en las caras, la pauta de que se reconocían vencidos. No encontró más que desconcierto. ¿Actuaban demasiado bien o los perturbaba algo que él no podía ver? Notó ciertos movimientos en el fondo del aula, algo pasaba de mano en mano. Un papel, un mensaje. Allí estaba escrita la solución del misterio, seguro. Debería esperar, dejarlos que se confiaran y que la maniobra se hiciera evidente, no fuera a suceder que el papel desapareciera. Pero estaba cansado, este doble trabajo de dictar el tema y atender la conducta sospechosa lo agotaba. Y las piernas... Cuánto le pesaban las piernas. Lo deprimía pensar que estuvieran burlándose. Siempre había dicho que se iba a jubilar cuando ya no pudiese cautivarlos, pero no había creído que pudiera pasarle. Y bien, el momento era ahora. No. Tenía que mantener la moral. ¿Por una sola vez? Si hasta ayer todo era normal: ¿cómo pudo deteriorarse en veinticuatro horas? Absurdo. Cualquiera que fuese el motivo, lo que sucedía se agravaba por la languidez con que estaba dando la clase. Tenía que recobrarse, reaccionar.

Se irguió derecho en la silla. Algunos muchachos cuchicheaban y, fugazmente, lo espiaban de reojo. Hablaban de él, sin duda. Clavó la vista en uno de ellos que, a su vez, lo miró con descaro, como interrogándolo. El papelito seguía por los bancos, lo pasaban sin leerlo según una trayectoria precisa, ¿quién sería el destinatario? Levantó la voz y pensó en pararse, quería hablarles sin el escritorio de por medio, directamente, abarcándolos con la mirada para captarlos. Pero se le habían dormido los pies. Tendría que seguir sentado hasta que se le pasase. Iba a seguir, aunque lo que deseaba era irse, estar consigo mismo, ovillarse en la cama como un chico enfermo.

Ya terminaba con el agua cuando, delante de sus ojos, el papelito cayó al suelo al lado del primer banco. Un repentino arrebato de rabia lo impulsó a dejar la silla y recogerlo. Menos mal que se detuvo porque habría rodado por el piso. Ahora tenía dormidas las piernas hasta la mitad e infinitas hormigas le subían por los muslos. Iba a ordenar que se lo alcanzaran y se arrepintió, después tendría que mostrarse enérgico: demasiado para cómo se sentía. Qué le importaba, el día de hoy sería apenas un punto oscuro imperceptible en el brillo de su carrera, los muchachos pensarían que había ignorado el papel para no castigar al alumno del primer banco. Mejor, así pasaba inadvertida la verdadera causa. Aunque era cierto que no lo quería castigar, era un chico distinto, no tenía la jocosa irresponsabilidad de ellos, se parecía por dentro al chico que él había sido, lo adivinaba. Y adivinaba también que el muchacho lo tenía a él como modelo, como proyecto. Por eso no iba a levantar el papelito. Porque lo respetaba, estaba seguro.

Como otros gases del azufre —el gas mostaza, por ejemplo, que usaron los alemanes en la primera guerra—, el sulfuro de hidrógeno es sumamente tóxico. Estaba en el tramo final de la clase. No sabía en qué momento —cómo fue que se distrajo— el bollito había desaparecido. El muchacho, su muchacho, tenía el puño izquierdo cerrado. Lo miró sin amenazarlo, nada más que un reproche, y los ojos del chico bajaron hasta la mano que apretaba el papel. Un violento rubor le coloreó la cara. Él tuvo un acceso de pena y las lágrimas lo tomaron desprevenido. Debió interrumpir la explicación, apretó fuerte los labios y fingió que limpiaba los lentes con la esperanza de que no se notara. No entendía cómo le había sucedido: era un hombre sensible, no un sentimental. Los sentimentales siempre le habían dado risa.

Lo había defraudado, él había defraudado al chico que ahora extendía el papelito sobre el pupitre e iba leerlo. Estaba leyéndolo; lo leía una y otra vez indeciso. De atrás lo sacudían por el hombro pero se negaba. La cabeza decía que se negaba a lo que el papel proponía. El muchacho seguía respetándolo, con eso debía conformarse y terminar la explicación que avanzaba por inercia. Terminar, terminar como fuera.

Faltaban pocos minutos. A las piernas ni las sentía y un sopor tibio y agradable lo había invadido poco a poco. Estaba más sereno. El muchacho insistía en negarse a pesar de que el de atrás se había puesto agresivo. Eso le gustaba, quería reconciliarse. Había tomado distancia y no le importaba lo que los alumnos proyectaban hacer. Comenzó a pesarle la cabeza. Apoyó los codos en el escritorio y la sostuvo entre las manos. No sería una pose muy profesoral pero qué importancia tenía si iba a renunciar. Sí, se había resignado, sabía que nunca más iba a poder concentrar en él las miradas de esos cuarenta muchachos escuchándolo con atención. ¿Para qué seguir? *Por último veremos un caso de...*

El chico ya no se negaba, estaba mirándolo, todos lo miraban en suspenso, sentados muy derechos en sus bancos. Sí, ya está, me vencieron, pensó. Sentía un desapego cada vez mayor. Igual no se iba a mostrar rendido: cuando sonara el timbre tendrían que saludarlo de pie como siempre. Los miró: ¿le parecía a él o ellos... oscilaban? Sí, como péndulos invertidos, a un lado y a otro, en perfecta sincronía, muy despacio, los muchachos estaban oscilando. ¿Con que era eso? El viejo truco. Se lo habían hecho a una profesora en 1957 y la pobre había dejado el aula despavorida, con un mareo atroz y al borde del desmayo. También sabía de un caso más reciente, no se acordaba cuándo. No podía acordarse... El chico del primer banco oscilaba armónicamente con los otros, se había convertido en uno más. Lo lamentó casi sin dolor. Era un alivio saber que todo estaba perdido, por fin podría descansar. Se sentía mucho mejor, como liberado. Recordaba a su mamá. Los chicos se ríen de mí, mamá. No les hagas caso, son tontos. Qué ganas de estar con mamá. ¿Pero qué pasaba ahora? Los muchachos se consultaban. ¿Qué le pasaba a Bustos? Había enmudecido sin terminar su clase, una clase opaca, balbuceante. Su cara, levemente inclinada a un lado, descansaba aún entre las manos y tenía una expresión insólita, distendida: la sonrisa infantil, los ojos mansos. Empujado por la urgencia de las miradas, el chico del primer banco se atrevió a hacer lo que decía el papelito. Vacilando de puro respeto se acercó al escritorio.

–¿Qué sucede, señor? ¿Se siente bien? –dijo.

Pero el viejo ya había muerto.

La caja de la tortuga

—Después hay que cambiar las sábanas —dice Cecilia. Está sentada en el borde del colchón, los pies hundidos en una palangana con agua tibia. Ana, de rodillas en el piso, acaba de lavarle los pies.

—La cambié ayer, Cecilia —dice mansamente y, como si se hubiese descubierto en falta, agrega—: Pero no importa, la cambio de nuevo.

Su padre se apresura hasta la cómoda y vuelve con un juego de sábanas limpias. Se diría que al complacer a su esposa ha satisfecho una necesidad.

—Dije después —dice Cecilia y se acuesta de nuevo.

Cruzado de brazos y algo apartado de la cama, Pedro se sustrae a la situación aunque sonríe como si participara. Por nada del mundo se permitiría disgustar a su madre. Piensa cómo pudo ser que llegaran a lo que llegaron. La primera vez, dos años atrás, él creyó que se trataba de un episodio aislado y lo olvidó. No imaginó que, tiempo después, iba a necesitar reconstruirlo para encontrar la clave de los que le siguieron. Cree que poseer la clave conduce a la solución. En aquella oportunidad, su padre buscaba la fecha de una reunión familiar y dijo que había sido en 1977: el abuelo no estaba y justo ese año había sido el que pasó en la cárcel. *¿Cárcel?, ¿qué* *cárcel?* Todavía a Pedro le resulta increíble que Cecilia lo haya olvidado. Habían hablado mucho en la casa de la cárcel del abuelo. Después el padre había dicho *la cárcel de tu papá,* o quizá primero dijo *cuál va a ser* y luego recién *la de tu papá.* Pedro no puede asegurarlo, en aquel momento todo parecía casual y no prestó atención. Lo que sí tiene bien presente es que Cecilia se puso lívida, fijó los ojos y no respondía a su nombre. Fueron sólo dos minutos, luego reaccionó y retomó la conversación justo desde el momento anterior a la mención al abuelo; el mismo tono, idéntica animación, como si un gran cirujano hubiese amputado el tramo de charla que la había afectado y unido en el acto las dos partes restantes sin dejar cicatriz. Parecía fácil de entender, a ella le dolía que su padre hubiera sido encarcelado y quería olvidarlo. Es lo que había pensado Pedro al principio. Sin embargo, ahora sabe que no fue eso aunque, por más que busca, no encuentra otra cosa en el primer episodio.

—A ver, alguien que me alcance la jarra –dice Cecilia.

Pedro se sobresalta e intercambia miradas con el padre y la hermana, no vaya a suceder que la costumbre los traicione. De las dos jarras que hay sobre la mesa, una es la que ya no pueden llamar «jarra del tío José».

—¿Cuál? –pregunta Ana–. ¿La de agua?

Cecilia asiente y Pedro piensa que asiente no porque quiere agua sino porque ha sido obedecida en su decisión de privar al tío José de ser quien le regaló la jarra.

El mundo no toma en cuenta lo que quieren las personas, sigue pensando Pedro. Ellos pudieron borrar el año 1977 de la historia (lo borraron cuando se dieron cuenta que Cecilia se ponía mal cada vez que se lo mencionaba), pero ellos no son el mundo. «Cosquín '77», «Carlitos Chaplin, muerto en 1977», «Olga de Souza Pinto, desaparecida en junio de 1977». El mundo no está dispuesto a privarse de 1977. Cecilia salía al mundo y era un drama. Fue penoso cuando se recluyó en la casa. Sin radio, sin TV. No hubiera importado si así ella hubiese obtenido paz y ellos descanso. Pero no: sobrevino el episodio de la jarra y tantos otros.

Súbitamente se ha hecho silencio en la habitación y Pedro sale de su ensimismamiento. La jarra, intacta, sigue sobre la mesa de luz y todos lo están mirando. Comprende que Cecilia lo ha descubierto fuera de su campo gravitatorio y siente que le está leyendo el pensamiento. Atolondrado, dice lo primero que le viene a la boca:

—No sé para qué seguimos guardando la caja de la tortura.

El silencio se hace aún más sólido. Pero pronto se produce la reacción y las voces se superponen en una conversación absurda que no resiste el amenazador mutismo de Cecilia.

—¿La caja de qué?

Pedro sabe que ella ha registrado cada palabra, pero piensa que el *lapsus* que acaba de cometer todavía puede salvarlo.

—De la tortura, un juego de cuando éramos chicos —dice como al pasar. Y agrega—: Tengo que hacer una llamada. Voy de una corrida y vuelvo.

—¿Una llamada? —dice Cecilia con recelo.

—Sí.

Hay una pausa.

—Tráemela.

—¿Qué cosa?

—La caja, quiero verla.

—¿Para qué? —Inmediatamente se siente avergonzado: sólo el temor pudo dictarle esa pregunta.

Cecilia deja de mirarlo y alisa con innecesaria prolijidad los pliegues de la sábana. Él sale y vuelve con la vieja caja en que guardaban la tortuga.

—¿Cómo se juega? —pregunta Cecilia.

—...

—Es un hermoso día, voy a correr las cortinas. ¿Querés un poco de sol, Cecilia? —dice Ana.

Su madre no le responde.

—¿Cómo se juega, Pedro? —insiste.

–No me acuerdo.

–Cómo que no te acordás.

–No me acuerdo, pasó mucho tiempo.

–Estás mintiendo.

Cecilia habla sin emoción, con una calma sospechosa.

–Sí, un día realmente hermoso –dice Ana.

Ha abierto las cortinas y el sol inunda el cuarto. Cecilia aprieta los ojos encandilada y hace un gesto para que las vuelva a cerrar. Ahora sí, con una firmeza que anuncia tormenta, dice:

–Quiero la verdad, Pedro.

Él resopla brevemente, se muestra vencido.

–Está bien, voy a tirarla.

–De ninguna manera.

–Entonces, la guardo.

–¡Basta! –truena la voz de la madre–. Decime de una vez qué es lo que tenés en la mano.

–¿Por qué me obligás a hacerte esto, mamá?

Cecilia aspira abruptamente y, en un gesto casi operístico, se desvanece. El padre y Ana se cubren la cara. Luego se descubren y miran a Pedro con odio.

–¿No podías resistir un poco? –dice el padre furioso.

–Por no decir «caja de la tortuga», dije «mamá», son tantas las cosas que ya no se pueden decir aquí...

–¿Siempre decís lo que no querés decir? ¡Estúpido! –dice Ana.

Hablan con la voz afónica, como en los hospitales. El padre acaricia a la mujer como si quisiera inducirla a un dulce despertar.

–¡Eh!, ¿perdiste la memoria? –responde Pedro–. La desgracia de mamá te la debemos a vos. Acordate. Vos-te-nés-la-cul-pa-de-to-do.

–¿Yo? Vos vas a tener la culpa de que no se levante nunca más de la cama.

–No parecía tener intención de levantarse alguna vez.

El padre ha tomado un abanico de la mesa de luz y apantalla ahora con energía. Menea la cabeza.

–Lo hiciste a propósito –dice Ana.

–¿Estás loca?

–Sabías que la caja la pone mal y se la nombraste a propósito.

–¡No!

–Y dijiste «tortura» en lugar de «tortuga» para disimular.

–No se desmayó porque nombré la caja. Se demayó porque le dije «mamá». Y no fue a propósito. Acordate quién le dijo «mamá» la otra vez.

Ana toma la palangana donde lavó los pies de la madre y da unos pasos en dirección al baño. Se detiene.

–Sos mal hijo, no la querés, se ve que no querés que se levante más –dice y, sin esperar respuesta, cruza el vano de la puerta.

El equívoco placer que sintió al decirle «mamá» y la satisfacción casi erótica que le produjo el desmayo toman a Pedro por asalto. Una vergüenza secreta, que no es nueva, se apodera de él y vuelve a sentir que traiciona a ambas, a su madre y a quien espera su llamada al otro lado del teléfono. Lo gana el desconcierto. Debería descartar por absurda la acusación de desearle a Cecilia que no se levante más y sin embargo...

–Nadie la quiere más que yo –necesita decirse. Pero se desdice al momento, horrorizado de que esas palabras pudieran expresar un amor impuro. Querría estar seguro de que gobierna sus deseos, desprenderse de eso horrible que lo habita, borrarlo, poder amar francamente. Entonces, vuelve a dudar.

Ana ha guardado la palangana y está volviendo.

–A vos no te importaría que se pudriera en esa cama.

Pedro no la escucha.

–No quiere ser nuestra madre –dice en tono grave.

–Ella es especial, sólo pide que la llamemos Cecilia en vez de «mamá». –Ana parece apuntar un dato cualquiera. Sin embargo, le ha temblado un poco la voz.

–No quiere ser nuestra madre.

Como siempre que su mujer se desmaya, el padre le levanta un párpado para medir el estado de inconsciencia: Cecilia no muestra el menor signo de reacción.

–Hagan algo –dice–. Un pañuelo con perfume.

–¡No querrá ser madre tuya! A mí me quiere. –Enfatiza «a mí me quiere» como para que no queden dudas.

Va a buscar el pañuelo seguida por Pedro que le habla casi en la nuca.

–Te recuerdo que cayó en cama porque vos le gritaste «mamá» –dice casi en su nuca–. Tres meses, hace. Tres meses y ocho días.

–¡No me digas eso! ¡No quiero! ¡Callate!

–Y vos sí lo hiciste a proposito. Le seguiste gritando «mamá» cuando ella se tapó los oídos...

–¡No sigas!

–... y te pedía por favor.

–Vivo para cuidarla, le doy de comer, estoy siempre con ella y hago lo que me manda. –A Ana se le humedecen los ojos que pronto producen lágrimas abundantes, no obstante procura no alzar la voz–. Yo sí la quiero, sólo veo la calle a través de la ventana.

–Claro, tenés que pagar el daño. –Pedro habla como si ratificara una condena.

–¿Y vos, qué?

–Nada, yo no tengo la culpa de nada.

–Quieren dejar de discutir y ayudar un poco –dice el padre–. El único que no tiene la culpa de nada soy yo y sin embargo...

–¡Cómo que no tenés la culpa de nada! –dice Pedro.

–Mamá no piensa lo mismo –dice Ana y le da el pañuelo.

No bien huele el perfume, Cecilia entreabre los ojos, apenas dos hendijas, pero se nota el esfuerzo por abrirlos del todo. Ana empuja al padre y se ubica de modo que su imagen sea la primera que Cecilia vea al despertar. El padre trastabilla, pero permanece pegado a su hija como compitiendo por el mismo espacio. Cecilia se pasa la lengua por los labios resecos; paulatinamente, mueve los dedos de una mano y termina de levantar los párpados. Suspira profundamente. Los mira de a uno por vez. A Ana le tiende una mano y la atrae hacia sí.

–Gracias a Dios, Cecilia –dice Ana y se tiende junto a su madre.

Después, la mirada de la mujer pasa con cortesía por la sonrisa boba del padre y se detiene en Pedro, que está parado a unos pasos de distancia. Lo mira como si todavía no supiera qué decirle pero enseguida la mirada se carga de intención. Pedro da dos o tres pasos vacilantes que lo alejan de la cama.

–¿Dónde vas, Pedro?

–Iba a hacer una llamada telefónica.

–¿Es tan urgente?

Pedro vacila.

–No, no es urgente.

–Te conozco, Pedro –dice Cecilia con entonación piadosa.

Él espera que su madre continúe, pero el silencio lo apremia:

–Fue por Ana lo que te pasó....

Ana se pone en tensión y Cecilia le aprieta una mano para tranquilizarla.

–Ana, pobrecita, ya carga su cruz. Menos mal que me tiene a mí. –De pronto, repara en la caja que Pedro ha dejado en el piso.

–Qué bien que nos hubiera venido para guardar la tortuga, ¿no?

Pedro queda perplejo. El padre asiente con los ojos muy abiertos. Luego comenta lo del desmayo y Cecilia asegura que no tiene importancia y que se siente muy bien.

–Debe de haber sido la presión –dice sin dejar de mirar a Pedro.

Él sonríe agradecido, cualquier acto de generosidad de Cecilia lo conmueve. Se sostienen largamente la mirada sin reparar en la tos de Ana que reclama atención. El episodio parece terminado y el padre, incrédulo, observa a Pedro que gira sobre sí mismo para irse.

–No te vayas –dice Cecilia–. ¿Qué tenés que hacer?

–No, nada –dice Pedro volviéndose.

–¿Seguro?

–Bueno, iba a hacer la llamada telefónica.

La expresión de Cecilia se ensombrece.

–Ah... Debe ser muy importante, ¿no? Andá, nomás.

Ha cambiado su tono de madre generosa por el de reproche. Pedro no se va pero tampoco regresa del todo. Está parado en un límite imaginario entre la cama y el teléfono que lo espera. La madre le ha quitado su atención, ahora se ocupa de la hermana. Él espera, cruza los brazos, los descruza, descarga alternadamente en uno y otro pie el peso de su cuerpo. Pasan varios minutos antes de que Cecilia vuelva a mirarlo.

–¿Qué hacés ahí parado? ¿No te ibas?

–Sí, pero...

–Vos querés hablarme de algo, ¿no?

–No –dice Pedro–. Si no necesitás nada, me voy.

–Si necesitara algo te lo hubiera pedido.

–Bueno, me voy –dice él y da media vuelta.

–Claro, lo más sencillo es irse.

Pedro se detiene de nuevo.

–¿Hay algo que pueda hacer aquí?

–Podrías hablar de una vez.

–No tengo nada que decir.

–No es verdad.

Pedro siente que su madre lee en él como en un libro. Tanto y tantas veces lo ha adivinado, que no duda de que ella sabe lo que le sucede. Pasan unos segundos en silencio pero, como siempre, él no lo resiste.

–¿Qué puedo decir? Hablar aquí es peligroso.

Cecilia se muestra confundida, como si no entendiera. El padre y Ana miran a Pedro con enojo.

—Quise decir —se corrige Pedro— que ya sabemos a qué lleva hablar.

—¿A qué?

—A nada.

—No, ahora hablá.

Él baja la cabeza y se mira la punta de los zapatos. Siente el imperioso impulso de huir.

—Está bien, podés irte con tu vergüenza, nadie te obliga —dice Cecilia..

No entiende cómo ella pudo darse cuenta, pero la admiración que le produce lo clava donde está parado.

—No son cosas para andar diciendo —dice gravemente.

—Está bien, no las digas.

—Lo que quiero es olvidarme.

—Por favor, Pedro, si nadie te ha recordado nada.

—Es verdad, ni sé lo que digo. Mejor me olvido. Bueno, me voy.

—Eso no se borra —dice Cecilia.

Pedro busca alguna solidaridad, algún gesto piadoso. Pero el padre no lo mira y Ana se esconde detrás de su madre que se ha puesto de costado en la cama.

—No podés decir eso. No es verdad. Ni siquiera sabés de qué estoy hablando...

—Cualquiera puede darse cuenta. Se te nota. Estás avergonzado.

—Lo que me pasa... no lo puedo decir, son cosas de varones.

—Muy bien.

Cecilia se relaja en la cama como si diera por terminado el asunto, cierra los ojos. El padre y Ana se desentienden de Pedro que, sin embargo, no se mueve de donde está.

—Las cosas de varones se comentan con varones —dice al cabo de unos segundos.

Ella abre los ojos.

—Ah, Pedro. Yo soy una mujer especial. Toda la vida la gente se me acercó para contarme sus problemas, sobre todo los varones con sus problemas de varones. Siempre supe exactamente qué responderles. Claridad mental, no sé. Un don. Me lo han agradecido. Sí, muchos me lo han agradecido. –Mira al padre:

–¿No es así?

–Sí, puedo asegurarlo –corrobora él.

–Lo mío es muy íntimo. Va a pasar. Es cuestión de tiempo –dice Pedro.

–No: lo tuyo no se borra. Aunque pasaran cien años...

Las predicciones familiares de Cecilia siempre fueron verdaderas sentencias. Pedro se espanta.

–No debo ser el único al que le pasa. No soy tan raro.

–Sé lo que te pasa y no es verdad que les pase a muchos, aunque no sos el único, por supuesto. Vos también sos especial, Pedro –dice Cecilia tiernamente–, siempre fuiste muy especial.

–¿Qué tengo de especial?

–Cada uno es como es.

–Con ella soy diferente.

Apenas un parpadeo denota el sobresalto de Cecilia.

–¿Ella?, ¡qué tontería! Nadie cambia a nadie.

–No, no puede ser.

–¿Qué cosa?

–Eso. Que no se borre.

Cecilia menea la cabeza y sus ojos denotan una profunda pena.

–Te diré lo que haremos –dice–. Por un tiempo te vas a olvidar del teléfono y te quedarás en casa.

–No, aunque quisiera no podría.

–Creeme, sufrirás menos así; sufrirás menos tiempo. Sé lo que te digo.

–No voy a poder.

–No seas egoísta, Pedro. Ella no merece que...

Él se quiebra. Mira a su madre suplicante. Cecilia continúa:

–No te pido más de lo que podés, siempre estuve y estoy a tu lado. Pase lo que pase y cueste lo que cueste, siempre voy a estar a tu lado. Vas a poder.

Tiende una mano a Pedro y lo atrae hacia sí. Se corre para hacer lugar en la cama y al hacerlo empuja a Ana que se aprieta a su espalda.

—Mira lo que hay allí –dice señalando la caja de la tortuga.

Pedro se sienta en la cama y mira brevemente a través de las lágrimas.

—La caja –dice.

—¿Qué caja?

—Una que guardamos desde que yo era chico.

Cecilia se corre un poco más. Ana ya no puede sostenerse y cae al piso. Se pone de pie con disgusto pero calla. Pedro se acuesta y Cecilia lo abraza.

—Quiero ser igual a los otros –murmura como si le pidiera permiso.

—No podés –le dice Cecilia al oído–. Pero no te preocupes, no es tan importante, esperá a haber vivido y vas a ver que tengo razón. ¿Sabés una cosa?

—¿Qué? –dice él.

—No sé qué vas a hacer el día que yo no esté. Pobre mi Pedro...

Abrazado por su madre, Pedro se ha calmado. Se deja abrigar y permite que ella acaricie su pelo. Ana, muy seria, está ahora de pie al costado la cama. El padre levanta la caja del piso.

—Es verdad. ¡Qué bien que nos hubiera venido para guardar la tortuga! –dice como impresionado aún por la observación de Cecilia.

Ella se muestra desconcertada, parece querer recordar:

—¿Tortuga?, ¿qué tortuga?

Una alarma súbita destruye la calma recién ganada. El año 1977, la jarra del tío José, la palabra «mamá» y tantas otras titilan en rojo en las tres cabezas. El padre, aturdido, tropieza con las sílabas.

—¿Tortuga?, ¿qué estás diciendo? –dice Ana muy extrañada.

—Eso, ¿qué tortuga? –dice Pedro.

TRUCO

ACODADO EN EL MOSTRADOR, de espaldas a la puerta, Felipe Ahumada miraba fijo el líquido que hacía girar adentro del vaso. Cruzado bajo la faja, atrás, llevaba el cuchillo con mango de plata, su único capital. Tenía fama de peleador, sobre todo si cargaba alguna copa de más. Había sido el primero en llegar a la vinería. Después fueron cayendo, de a uno, los cuatro que todos los días iban a jugar a las cartas. El último fue el vasco Garmendia, un desocupado levantador de quiniela que mataba el tiempo en el boliche y tenía dos pasiones: los naipes y las carreras de caballos. Cuando entró José Negri, Ahumada iba por el quinto vaso de ginebra y el partido de truco ya había empezado. Se sentó a la mesa contigua a los jugadores y pidió lo de siempre. Parecía un día como todos pero, esta vez, Ahumada iba a estar más provocador que de costumbre. Después se supo que había tenido un entrevero con la mujer de Garmendia.

El cantinero puso mantel y servilleta en la mesa de José Negri, un privilegio que él no había pedido pero que resultaba natural en alguien que a mediodía, y en un lugar como ese, vestía traje oscuro y corbata. Le sirvió una milanesa con ensalada. La ruinosa vinería servía también de improvisado comedor para los dos o tres hombres que vivían solos en el pueblo.

José Negri había llegado haría cosa de dos años y nunca nadie le pudo arrancar de dónde. Llevaba la contabilidad de los comercios principales. No tenía amigos y hablaba poco; siempre parecía reconcentrado en sus pensamientos. Ahora pensaba que la milanesa estaba medio cruda, un dato que le era indiferente. Porque hacía mucho que la comida había dejado de ser importante para él, y entre tantas milanesas, que esa estuviese medio cruda no podía modificarle el ánimo parejo que mantenía a toda costa. Pero pensaba también que antes, cuando vivía con su mujer, las milanesas nunca habían estado crudas; y qué sería de su mujer y de su pobre hijita que andaría por los ocho años; y que hoy era su aniversario de casamiento.

—Envido —dijo uno en la mesa de al lado.

—¿Vamos con las tuyas? —preguntó el vasco, que no había visto la seña. Ahumada, todavía silencioso, pidió más ginebra alzando el vaso vacío.

—Quiero —dijo Garmendia.

Querer. Nadie había querido tanto como él. A José Negri, todo lo que venía del exterior le resonaba vagamente en los oídos o terminaba integrándose a la historia que transcurría incesante en su cabeza. Perder una mujer así, intachable. Si hubiera sido como la de Garmendia, pensaba.

El fondo de la casa del vasco Garmendia daba a los fondos de la comisaría. El tapial que los separaba estaba vencido de tanto uniformado que lo saltaba por las noches. Garmendia lo sabía —y sabía que los demás lo sabían— pero él no era un hombre de honor y sí un tipo práctico. La mujer servía para lo que quería y no era cuestión de tener problemas con la ley, sobre todo teniendo en cuenta que era quinielero. Nunca volvía a casa antes de las dos de la madrugada.

Una mujer que nunca había dado qué hablar. José Negri empezó a comer más rápido como apurando la historia que amenazaba detenerse en el punto más doloroso. Se pasó la servilleta por la boca y bebió un trago de vino. Nada, ni los peores recuerdos, le hacía olvidar sus buenos modales. Jamás tuvimos ni un sí ni un no, y de golpe... Ahora tragaba bocados enormes. Quería volver a su pieza alquilada cuanto antes. Allí, sumando *debe* y *haber*, no se distraía pensando. Y tampoco después, mientras pasaba los libros con la pluma cucharita, morosamente, con la obsesiva atención de los insomnes. Se quedaba hasta muy tarde a la noche, y sólo cuando estaba rendido y los ojos se le cerraban, se acostaba.

—Envido —dijo alguien al lado.

—Quiero y truco —contestó Garmendia como si tuviera todas las cartas. Había una expectativa tensa y maliciosa. José Negri imaginaba un circo: él era el payaso, iba a sentarse pero le sacaron la silla y rodó por el suelo. Todos rieron cuando se descubrió que Garmendia había mentido. Perdió. Pero él, José Negri, no había tenido malicia y también había perdido. Uno está en ganador, pensaba, trabaja bien, es buen esposo y buen padre. Un día cualquiera se le ocurre ir a almorzar a un restaurante y allí está la trampa. Desprevenido, feliz, se enreda en el truco y cae como el payaso del circo. Todo dura menos de un minuto y es suficiente para darle vuelta a la existencia como una media. Porque hay minutos y minutos. A veces, un solo minuto pesa más que todos los minutos de la vida. Y después queda la duda: ¿quién es uno realmente: el hombre respetable que fue la mayor parte del tiempo o el miserable de ese minuto fatal?

—Truco —cantó uno de los adversarios de Garmendia.

—Quiero retruco —contestó el vasco.

—Quiero vale cuatro —gritó el primero.

Garmendia se quedó pensando como si dudara. Ahumada apuraba el décimo vaso de ginebra. Hasta ahora había parecido no prestar ninguna atención al juego pero cuando el vasco mostró y dijo *ancho de espadas*, Ahumada, sin darse vuelta, murmuró entre dientes:

—Afortunado en el juego, desgraciado en el amor.

Nadie le hizo caso, excepto José Negri que, sin comprender por qué, debió resistir una súbita embestida de recuerdos.

Se dieron nuevamente las cartas. José Negri había terminado el plato. Ahumada se dio vuelta, cruzó los brazos y apoyó la espalda en el mostrador. Garmendia recitó: *Viniendo de Tapalqué / en una lancha a motor / casi me caigo al agua / por recoger esta flor.*

—Flor de puta. —La voz aguardentosa de Ahumada quedó como suspendida en el silencio que se produjo.

El vasco se reacomodó en la silla. Enseguida alguien cantó un «truco». José Negri, pensativo, tomaba un trago de vino de tanto en tanto. Una molestia en los ojos y las primeras gotas de transpiración le advirtieron que el hueco de luz que proyectaba la abertura de la puerta se había corrido y el sol le daba en la cara. Pocos minutos más tarde tendría que sumergirse en el calor aplastante de la siesta. Para peor con esa ropa tan pesada, la misma que llevaba cuando salió de su casa por última vez. Lo recordaba. Lo había recordado todos los días desde que sucedió. Ya no sabía si ese recuerdo se ajustaba a la realidad o había sido falseado por su imaginación. Recordaba que, cuando de vuelta del restaurante entraron en la casa, él se dejó caer en el sillón del living y se ocultó la cara con las manos. Después había oído pasos y murmullos, las acostumbradas reconvenciones de la madre y las protestas de la hija que no quería dormir la siesta; sólo que esta vez en voz muy baja, como si hubiera un enfermo grave en la casa. Luego hubo un silencio total. Apenas quedaron, débiles, los ruidos naturales que llegaban de la calle. Entonces se había atrevido, había levantado la cabeza y mirado lentamente alrededor. Todo estaba quieto, era una escenografía en penumbra puesta delante de sus ojos: el interior de una casa y una mujer de perfil que parecía mirar, a través de la ventana, algo muy lejano escondido en la luz de la tarde. La mujer no era su mujer, la casa no era su casa. Ni un gemido, ni un temblor en los labios de la mujer. Sólo la cara endurecida, una pétrea ausencia de emoción. Quizá el silencio y la quietud volvían el lugar tan irreconocible, tan ajeno, y le infundían

ese aspecto devastado. Todo estaba como muerto. Definitivamente muerto. Nada que él pudiera decir o hacer animaría de
nuevo las cosas. Lo comprendió agobiado por la vergüenza y
lo aceptó como irreparable. Entonces, nada más que con lo
mínimamente necesario, armó la valija y fue al cuarto de la
nena. Por suerte estaba dormida: no habría podido soportar
que lo mirara. La besó en la frente y, sin ruido, caminó hacia
la puerta cancel. No sabía si su mujer lo había mirado mar-
charse porque no levantó la vista del piso en el trayecto hasta la estación, pero le gustaba imaginar que sí, y que ella lloraba para adentro con ese llanto intenso y secreto que él, con
los años, había aprendido a reconocer. Lo cierto era que ahora estaba exiliado entre extraños, dudando de sí mismo. Si tuviese una nueva oportunidad...

Garmendia ganó el partido y se disponía a irse cuando los
perdedores le pidieron la revancha. Un jugador de ley siempre daba revancha. Se tiraron los naipes. Ahumada, con el labio inferior caído, entrecerraba los ojos y los volvía a abrir.
De un trago, vació lo que quedaba en el vaso y, con paso inseguro, avanzó hacia los jugadores y se apoyó con la mano
izquierda en el respaldo de una silla desocupada. Estaba frente a Garmendia y también, aunque algo lateralmente, frente a
José Negri. En la otra mano tenía una pajita con la que se escarbaba los dientes. Un hombre, que no estaba borracho pero
sí probablemente loco o muy confundido, había estado en
la misma posición frente a José Negri, en un restaurante, hacía
poco más de dos años. Había caminado rectamente hacia la
mesa donde él comía con su mujer y su hijita de seis años y,
apoyando las dos manos en el respaldo de la silla de la mujer,
lo miró resuelto: «A vos te andaba buscando, tenemos un
asunto que arreglar», le había dicho. «Perdone pero no lo conozco, se equivoca de persona, no existe ningún motivo por
el cual...», contestó tímidamente José Negri. «Ah, el señor
tiene mala memoria –interrumpió el hombre–, habrá que buscar un buen motivo entonces.» Y, sin más trámite, hundió las

manos en el escote de la mujer. «¿Qué te parece este?», dijo aferrándola por los pechos y obligándola a levantarse. La nena saltó de la silla y abrazó al padre por la cintura. «¡Qué le hace a mamá! ¡Qué le hace!», gimió asustada. José Negri había visto los pechos desnudos de su mujer y las enormes manos que los apretaban. Bajó los ojos, no podía mirar. El miedo lo mantenía irremediablemente sentado. Todo duró no más de un minuto. Otros hombres se levantaron de sus mesas y liberaron a la mujer. El atacante huyó.

¡Cómo pude haberme quedado así! ¡Qué me pasó!, se decía ahora José Negri reviviendo aquella sensación de dormida flaccidez, el húmedo terror que lo había envuelto. Inmóvil —el tenedor detenido a la altura del mentón— miraba fijo hacia adelante. Veía la escena bochornosa reiterarse una y otra vez, las manos, los pechos de su mujer, ¡papá!, ¡papá! De pronto, una turbulencia desconocida lo agitó por dentro, la sangre, impetuosa, le subió a la cara. Sintió que, fugazmente, la vida volvía a habitarlo.

Ahumada se sacó la pajita de la boca y se dispuso a hablar.

—Quería hacerte un elogio, vasco —dijo—. Buenas tetas las de tu patrona. Y esos pezo... —Abrió muy grandes los ojos, se llevó una mano al abdomen y, con la otra, aferró el mango de plata de su facón. No alcanzó a sacarlo. Tambaleaba. Los jugadores, paralizados en sus sillas, lo miraban retorcerse. Sólo José Negri estaba de pie. Como si no creyera lo que veía interrogaba perplejo las caras de los otros. Su cuchillo, toda la hoja del cuchillo con el que había almorzado, estaba hundida en el vientre de Ahumada. Sintió que salía de un sueño. Quiso decir algo.

—Truco —murmuró. Y sus manos temblorosas doblaron prolijamente la servilleta.

Este libro se terminó
de imprimir en marzo de 2005